btb

Buch

Natürlich fing alles ganz harmlos an – auf einer feuchtfröhlichen Hochzeitsfeier im Olymp gerieten drei mächtige Göttinnen darüber in Streit, wer von ihnen denn eigentlich die schönste sei. Da sie sich nicht einigen konnten und die Auseinandersetzung handgreiflich zu werden drohte, beschlossen sie, die Entscheidung einem Sterblichen zu überlassen. Ihre Wahl fiel auf den trojanischen Königssohn Paris. Der Verdutzte erhielt einen goldenen Apfel in die Hand gedrückt und sollte diesen der in seinen Augen Anmutigsten überreichen. Natürlich versuchten die drei Göttinnen, den armen Paris zu becircen. So versprach ihm Hera Macht und Pallas Athene Ruhm; Aphrodite jedoch, die Göttin der Liebe, versprach ihm die schönste Frau auf Erden. Da konnte Paris nicht widerstehen und schenkte Aphrodite den Apfel – und das Schicksal nahm seinen Lauf.

Die Folgen sind bekannt: Raub der schönen Helena, Racheschwur der Griechen, Strafexpedition gegen die Trojaner, eine über 10jährige Belagerung der Stadt, bis der listige Odysseus endlich eine geniale Idee hatte ...

Der Trojanische Krieg beflügelt seit Jahrtausenden die Phantasie der Dichter. Auch Luciano De Crescenzo, der »lachende Philosoph aus Neapel«, kehrt immer wieder zu diesem Thema zurück, reizen ihn doch gerade die überlieferten Beschreibungen der tapferen, selbstlosen Kämpfer zum Widerspruch. Nur allzu gerne erzählt er, wie es damals seiner Meinung nach wirklich war, und stößt so manchen Helden respektlos vom Podest. Sehr zur Ergötzung des Lesers!

Autor

Luciano De Crescenzo, geboren in Neapel, arbeitete als Ingenieur bei IBM, bis der überwältigende Erfolg von »Also sprach Bellavista« sein Leben radikal veränderte. In seiner Heimat ist Luciano De Crescenzo mittlerweile eine Institution.

Bei btb bereits erschienen

»Lob des Zweifels«, »Alles fließt, sagt Heraklit«, »Von der Macht der Liebe«, »Kinder des Olymp« sowie »Die Kunst der Unordnung«.

Luciano De Crescenzo

Das Urteil des Paris

Antike Mythen neu erzählt

Deutsch von Bruno Genzler

btb

Die italienische Originalausgabe erschien 1994
unter dem Titel »I Miti della guerra di Troia«
bei Arnoldo Mondadori Editore, Mailand

Umwelthinweis:
Alle bedruckten Materialien dieses Taschenbuches
sind chlorfrei und umweltschonend.

btb Taschenbücher erscheinen im Goldmann Verlag,
einem Unternehmen der Verlagsgruppe Bertelsmann.

2. Auflage
Copyright © 1994 by Luciano De Crescenzo
First published by Arnoldo Mondadori Editore, Milano, 1994
Copyright © der deutschsprachigen Ausgabe 2000 by
Wilhelm Goldmann Verlag GmbH, München,
in der Verlagsgruppe Bertelsmann GmbH
Umschlaggestaltung: Design Team München
Umschlagfoto: Artothek/Hinz
Satz: IBV Satz- und Datentechnik GmbH, Berlin
Redaktion: Susanne Korell
CV · Herstellung: Augustin Wiesbeck
Made in Germany
ISBN 3-442-72153-9

INHALT

VORBEMERKUNGEN

Hinsichtlich der Ursachen für den Trojanischen Krieg gibt es zwei verschiedene Hypothesen. Die eine ist plausibel und daher ziemlich fade, die andere höchst phantasievoll und deshalb erzählenswert.

Die historisch plausible Erklärung führt an, daß es vor rund dreitausend Jahren praktisch unmöglich war, die Dardanellen zu passieren, ohne einen beträchtlichen Teil der Ladung als Wegzoll an die Trojaner einzubüßen. Die überwachten nämlich die Meerenge und konnten jeden Frachter, der sich an ihnen vorbeischleichen wollte, mit ihren kleinen, schnellen Enterschiffen erreichen und aufbringen. Irgendwann hatten die griechischen Seeleute von dieser Situation die Nase gestrichen voll. Ihr Bedarf an Weizen, Gold, Silber, Zinnober, Jade, Flachs und Hanf war zu groß, als daß sie auf den Handel mit den Häfen am Schwarzen Meer hätten verzichten können. Außerdem kostete zum Beispiel kaukasischer Weizen gerade mal halb soviel wie der vom Peloponnes, und mit ein paar Fahrten konnte man reich werden. So kam es, daß die Achäer, der Ausbeutung durch das Volk an der Meerenge überdrüssig, eine Heilige Allianz schmiedeten und sich aufmachten, den Trojanern ordentlich das Fell über die Ohren zu ziehen.

Wann soll das gewesen sein? Schwer zu sagen. Beim Berg Hissarlik türmen sich mindestens neun verschiedene archäologische Schichten, allesamt Überreste von zwischen den Jahren 2500 und 900 v. Chr. dem Erdboden gleichgemachten Städten, und nur ein Fanatiker wie Heinrich Schliemann konnte der festen Überzeugung sein, die richtige Schicht gefunden zu haben. Doch wie dem auch sei, nach Meinung der Experten müßte Priamos' Stadt, von der Homer erzählt, die siebte Schicht sein, zu datieren um 1200 v. Chr., wobei es auf ein Jahrhundert mehr oder weniger nicht ankommt.

Schliemanns Beharrlichkeit und seiner unerschütterlichen Überzeugung haben wir es zu verdanken, daß Homers *Ilias* heute als ein historisch bedeutendes Werk und nicht nur als ein packend geschriebener Abenteuerroman gelten kann.

Alles begann damit, daß Papa Schliemann dem jungen Heinrich zum Geburtstag eine Universalgeschichte der Menschheit für Jugendliche schenkte. Der Buchdeckel zeigte den Helden Aeneas mit seinem Vater Anchises auf dem Buckel und dem kleinen Sohn Askanios an der Hand vor dem Hintergrund des brennenden Troja. Dieses Bild nahm die Phantasie des kleinen Schliemann dermaßen gefangen, daß er sich vornahm, eines Tages diese sagenhafte Stadt Troja zu entdecken. Und das tat er dann auch.

Schliemann litt unter so etwas wie einem Schatzsucher-Syndrom. Mit neun Jahren schon zwang er seine Freundin Minna, auf der Suche nach dem Grab des berühmten Seeräubers Henning nachts mit ihm Friedhöfe und Wälder zu durchstreifen. Er glaubte nämlich zu wissen, daß er an der Stelle, wo man den Piraten begraben hatte, Gold und Silber in Massen finden würde. »Als Henning getötet wurde«, erklärte er Minna, »starb er nicht ganz. Ein Körperteil blieb am Leben, und zwar das linke Bein. Heute nacht nun, Punkt Mitternacht, wird er es aus der Erde strecken. Danach halten wir Ausschau, und schon wissen wir, wo der Schatz vergraben liegt.«

Seine berufliche Karriere begann Schliemann als Laufbursche in einer Drogerie, heuerte dann als Schiffsjunge auf einem Handelsschiff an und erlitt vor Amsterdam Schiffbruch. In der Folgezeit arbeitete er als Handelsgehilfe und Buchhalter, wurde dann selbst Unternehmer, erlernte autodidaktisch ein Dutzend Sprachen und wurde im Laufe zweier Jahrzehnte zu einem steinreichen Mann. In zweiter Ehe heiratete er Sophia Engastromenos, ein siebzehnjähriges Mädchen, Griechin und schön wie eine Göttin. Und um sein Glück vollkommen zu machen, blieb ihm nun nichts mehr weiter zu tun, als die Überreste Trojas auszubuddeln. In Kleinasien angekommen, behandelten ihn die Leute zwar wie einen Spinner, unterstützten ihn aber dennoch, da er mit seinen enormen Reichtümern wuchern konnte. Die Experten führten ihn geradewegs zum Hügel von Bunarbashi und sagten zu ihm: »So, da wären wir, hier drunter liegt Troja.« – »Was soll der Unsinn?« fuhr Schliemann sie im Brustton der Überzeugung an,

»Achill und Hektor haben bei ihrem Zweikampf dreimal laufend die Mauern Trojas umrundet. Und dieser Hügel hier ist zu breit, als daß man ihn dreimal zu Fuß umlaufen könnte.« Die Männer blickten ihn mitleidig an, wie einen Spinner eben. »Aber das mit dem Zweikampf ist doch bloß eine Sage!« gaben sie dann freundlich zu bedenken. »Nein, meine Herren«, beharrte Schliemann, »das ist die Wahrheit.« Und zum Beweis sagte er ihnen den ganzen zweiundzwanzigsten Gesang der *Ilias* auswendig auf.

Dank seiner genauen Kenntnis von Homers Epos ließ er bei einem anderen Hügel graben, jenem von Hissarlik, und es dauerte nicht lange, bis man nicht nur ein, sondern sage und schreibe neun dem Erdboden gleichgemachte Trojas ans Tageslicht brachte. Eines Morgens, seine Männer hatten gerade die Arbeit wieder aufgenommen, entdeckte er etwas Glitzerndes in der aufgebrochenen Erde. »Wenn das nicht der Schatz des Priamos ist«, fuhr es ihm durch den Kopf. Da er aber bei dieser Sache kein Risiko eingehen wollte, entschloß er sich, alleine weiterzugraben. Zu seinen Arbeitern meinte er nur: »Entschuldigt, daß ich euch habe kommen lassen. Aber ich hatte ganz vergessen, daß ich heute Geburtstag habe. Heute machen wir mal Pause. Ihr könnt wieder heimgehen.«

Als er allein war, begann er mit den Händen zu graben und brachte nach und nach Dutzende von Armbändern, Diademen, Diamanten und Goldketten ans Tageslicht. Offensichtlich war die hölzerne Truhe, die den Schatz einmal beherbergt hatte, mit der Zeit zerfallen, so daß sich die Juwelen im Erdreich zerstreut hatten. Schliemann packte alles in eine Decke, führte dann seine junge Frau in den Geräteschuppen, forderte sie dort auf, sich zu entkleiden, und legte ihr dann all die Juwelen an, die er gefunden hatte. »Mein Gott!« rief er aus, »das ist sie: die neue Helena von Troja.«

Nach der gebührenden Hommage an Schliemann wenden wir unsere Aufmerksamkeit nun der mythologischen Version zu, die zum Glück keiner wissenschaftlichen Nachprüfung standzuhalten hat. Die zumeist poetischen Werke, auf die sie sich stützt, seien hier kurz vorgestellt. Im Vordergrund stehen natürlich die beiden homerischen Epen *Ilias* und *Odyssee*, dann die Tragödien von Sophokles, Aischylos und Euripides, die *Heroika* von Philostratos und schließlich eine ganze Reihe weniger bekannter Werke wie die von Apollodor von Athen, Diodorus Siculus, Diktys von Knossos und Dares Phrygius. Zu den letzten beiden sollte nicht unerwähnt bleiben, daß es sich dabei um glatte Fälschungen handelt, denn Autoren dieses Namens haben nie gelebt. Hier nun kurz die Entstehungsgeschichten dieser beiden Texte.

Im vierten Jahrhundert nach Christus ging ein römischer Adliger mit der Behauptung an die Öffentlichkeit, in seinem Keller eine Handschrift in phönikischer Sprache mit dem Titel *Tagebuch des Trojanischen Krieges* gefunden zu haben. Der Autor, der bis zu diesem Zeitpunkt völlig unbekannte Diktys von Knossos, stellte sich darin als Waffenbruder der Helden Idomeneus und Meriones vor und somit als Augenzeuge der blutigen Kämpfe vor Troja. Verglichen mit ihm erschien Homer plötzlich nur noch als Zweitverwerter der Ereignisse mit einer Verspätung von mindestens vier Jahrhunderten. Mit einem ähnlichen Anspruch tauchte zweihundert Jahre nach Diktys ein anderer Veteran des Trojanischen Krieges auf, ein gewisser Dares Phrygius, Autor eines sechsbändigen Werkes mit dem Titel *Excidium Troiae*, in dem sogar die Episode mit dem hölzernen Pferd geleugnet wird. Der Autor behauptet nämlich, Troja sei aufgrund des Verrats von Aeneas gefallen, der im Tausch gegen sein Leben und das seiner Familie den Achäern die Schlüssel zu einem der Stadttore ausgehändigt habe. Böse Zungen wollen aber wissen, daß der Finder des Manuskripts, Cornelius Nepos, sich diese ganze Geschichte habe einfallen lassen, um einen politischen Gegner kaltzustellen. Der hatte im Wahlkampf von sich behauptet, der letzte Nachkomme von Aeneas zu sein.

I

Der Apfel der Zwietracht

Der ganze Olymp war in Aufregung. Man feierte die Hochzeit von Thetis und Peleus, ein ungewöhnliches Ereignis, denn es waren eine unsterbliche Göttin und ein gewöhnlicher Sterblicher, die hier den Bund fürs Leben schlossen.

Thetis, die Göttin mit den silbernen Füßen, hatte den Göttern von Anfang an Kopfzerbrechen bereitet, insbesondere Zeus und Poseidon, die sich lange darum gestritten hatten, wer sie nun als erster in die Liebe einweihen dürfe. Verständlicherweise, denn sie war schön, ja, sprechen wir es ruhig aus, sie war wunderschön, für manche sogar noch begehrenswerter als Aphrodite. Doch die Sache hatte einen Haken. Über Thetis schwebte nämlich eine düstere Weissagung der Moiren.

Es wird erzählt, Zeus habe bereits nach Umarmung gestrebt, als ihm Prometheus noch zu beherzigen gab: der Sohn, den er mit dieser zeugte, würde Herr des Himmels werden. Da sprach Zeus seinen Willen aus, daß sie sich mit einem Sterblichen verehelichen müsse.

(vgl. Apollodor, *Mythologische Bibliothek*, III, 13,5)

13

Die Nymphe ihrerseits war aber keineswegs bereit, diesem Befehl zu gehorchen:

»Warum sollte ich, eine unsterbliche Nymphe, als einzige der fünfzig Töchter des Nereus dazu verurteilt sein, einen Sterblichen zu heiraten?« fragte sie sich schluchzend. »Nie und nimmer werde ich einer solch unwürdigen Verbindung zustimmen!«

Doch eines schönen, besonders schwülen Sommernachmittags begab sich Peleus zu der Grotte, wo Thetis gewöhnlich ihre Siesta hielt, und wartete dort geduldig. So stand er also seit bestimmt einer halben Stunde vor dem Eingang, als er sie plötzlich herannahen sah: atemberaubend schön, vollkommen nackt, mit wehenden Haaren auf einem Delphin reitend. Auch der Ort selbst soll Ovid zufolge zu der romantischen Stimmung beigetragen haben!

Es gibt eine Bucht in Thessalien, die sich in sichelartigem Bogen krümmt; zwei Landzungen springen vor – wäre das Wasser tiefer, wäre es ein Hafen. Doch zieht sich der Meeresspiegel nur flach über den Sand hin. Die Bucht hat einen festen Strand, der keine Fußspuren bewahrt, den Wanderer nicht aufhält und mit keinem Teppich von Algen behangen ist. Ein Myrtenwäldchen ist ganz in der Nähe, dicht besetzt mit zweifarbigen Beeren, und mitten darin eine Höhle; man weiß nicht, ob sie natürlich oder künstlich ist – doch eher künstlich. Dorthin kamst du oft, Thetis, und rittest nackt auf einem aufgezäumten Delphin.

(Ovid, *Metamorphosen*, XI, 229 ff.)

Angesichts dieses Auftritts der Nymphe gelang es Peleus kaum, seine Triebe im Zaum zu halten. Doch er versteckte sich rasch und wartete, bis sich die Göttin in ihre Grotte zurückgezogen hatte und eingeschlummert war. Denn er wußte, daß die Chancen des Verführers steigen, je überraschter das Objekt der Begierde ist. Kaum hörte er Thetis regelmäßig atmen, da legte er sich zu ihr, umarmte sie und versuchte, sie zu küssen.

Peleus überrascht dich dort, während du, vom Schlaf gefesselt, daliegst; da du seinen Bitten widerstehst, will er dir Gewalt antun und umschlingt deinen Hals mit beiden Armen.
(ebda., XI, 238 ff.)

Doch wie alle Meeresgottheiten verfügte auch Thetis über eine Geheimwaffe. Sie konnte nämlich jede x-beliebige Gestalt annehmen. Und so verwandelte sie sich nacheinander in Feuer, Wasser und Wind, dann in einen Baum, einen Vogel, einen Tiger, einen Löwen, eine Schlange und schließlich sogar in einen Tintenfisch! Doch Peleus ließ sich nicht abschrecken, hielt sie weiter fest, und ausgerechnet als sie gerade ein Tintenfisch war, kam er zum Ziel. Wie man nun einen Tintenfisch vergewaltigen kann, wird wohl stets eins der großen Geheimnisse der Mythologie blieben. Doch egal wie, jedenfalls muß sich auch Thetis irgendwie zu Peleus hingezogen gefühlt haben, denn während sie ihn einerseits mit Litern von schwarzer Flüssigkeit bespritzte, erwiderte sie andererseits seine Küsse mit brennender Leidenschaft.

15

Und so paarte sich der sterbliche Peleus mit der unsterblichen Thetis – und das Schicksal nahm seinen Lauf. Bald würde man Hochzeit feiern und die Göttin Eris den Apfel der Zwietracht werfen. Paris würde Aphrodite zur Miss Olymp küren und dafür die schöne Helena bekommen. Und Helena ihrerseits würde den Gatten Menelaos verlassen und so für den Ausbruch des Trojanischen Krieges sorgen. Doch greifen wir den Ereignissen nicht allzu weit vor und kehren wir lieber zum Tag der Hochzeit zurück.

Das Fest fand in glanzvollem Rahmen auf dem Pelionberg statt. Auf zwölf über und über mit Diamanten geschmückten Thronen saßen die höchsten Götter und stießen auf das Brautpaar an. Um sie herum Scharen von stampfenden Kentauren, die lauthals ihrer Begeisterung Ausdruck gaben, während Ganymedes unermüdlich zwischen den Tischen umherging und die Becher mit Nektar füllte. Das Orchester spielte in Starbesetzung: Orpheus an der Lyra, Pan am Dudelsack, Apoll blies in die Flöte, und die zwölf Musen sangen als Begleitchor. Die Schwestern der Braut, die Nereiden, tanzten im Reigen und warfen den Gästen Rosen und Lilien zu. Die Herrin des Olymps, Hera, die Göttin mit den weißen Armen, zog dem Hochzeitszug mit der Hochzeitsfackel in den Händen voran. Hinter ihr all die anderen Götter, die, während sie an dem Brautpaar vorüberzogen, den beiden ihre Geschenke zu Füßen legten. So schenkte Athene eine Lanze, die der Handwerkergott Hephaistos persönlich geschmiedet hatte. Poseidon führte Balios und Xanthos am Zaum herein, zwei unsterbliche Pferde, von denen letzteres sogar

16

sprechen konnte. Cheiron überreichte Peleus einen Speer aus Eschenholz, der die Eigenschaft hatte, niemals sein Ziel zu verfehlen. Und Dionysos schenkte eine dunkle Flüssigkeit, die keiner je zuvor gekostet hatte und die man von nun an »Wein« nannte.

Nur Eris, die Göttin der Zwietracht, fehlte. Und verständlicherweise war sie wegen der ausgebliebenen Einladung etwas eingeschnappt.

Ja, sie betrachtete ihre Streichung von der Gästeliste als schweren Affront, und man muß ihr zugestehen, daß sie damit so unrecht nicht hatte. Schließlich hatten ihre vier Brüder, diese Halunken, nie gezögert, sie zu rufen, wenn man sie brauchen konnte. Der kriegslüsterne Ares zum Beispiel ließ keinen Tag verstreichen, ohne sie anzuflehen, Völker gegeneinander aufzuhetzen, die bis dahin vielleicht noch hervorragend miteinander ausgekommen waren. Und nun, da es etwas zu feiern gab, da sich alle amüsierten, schmausten und tranken, hatte man sie kaltblütig abserviert! Andererseits muß man auch Zeus verstehen. Versetzen wir uns einmal in seine Lage. Eris war als Gast bei einer Feier einfach untragbar, und besonders bei einer Hochzeit. Allein schon, wie sie sich zurechtmachte. Ihr übliches Outfit war eine blutige Binde um die Stirn, ein Gewirr von Hunderten von Schlangen anstelle der Haare auf dem Kopf und zerrissene Kleider, um ihre schrecklichen Wunden besser zur Geltung kommen zu lassen. Und als wenn das noch nicht gereicht hätte, hingen ihr stets acht gräßliche Bälger am Rockzipfel, die unaufhörlich heulten und jammerten, nämlich Hunger, Not, Vergessen, Schmerz, Entbehrung, Lüge, Fluch und Ungerechtigkeit!

Kurzum, Zeus hatte einfach keine Lust, sich das Fest vermiesen zu lassen. Doch Eris rächte sich und hielt, als die Stimmung gerade auf dem Höhepunkt war, ungebeten Einzug in den Saal. Ohne jemanden anzublicken, strebte sie mit halb beleidigter, halb verärgerter Miene geradewege auf den Tisch des Zeus zu und legte ihm einen goldenen Apfel auf den Teller, in den sie die Worte »der Schönsten« (*kalliste*) eingraviert hatte. Schlagartig verstummte die Festgesellschaft, und alle warteten gespannt, wie sich Zeus aus der Affäre ziehen würde. Wir lassen uns das von Hyginus erzählen.

Zeus soll, als Thetis den Peleus heiratete, alle Götter zum Gastmahl geladen haben mit Ausnahme der Eris, das heißt der Zwietracht. Als diese später kam und zum Gastmahl nicht zugelassen wurde, warf sie von der Tür aus einen Apfel in die Mitte und sagte, die Schönste solle ihn aufheben.

(vgl. Hyginus, *Fabulae*, 92)

Als sich die erste Überraschung gelegt hatte, brach unter den anwesenden Gästen, speziell den weiblichen, ein heftiger Streit aus. Eine jede glaubte, ein Anrecht auf den Apfel zu haben.

»Ohne jeden Zweifel bin ich die Schönste!« rief Aphrodite aus. »Und wer mir nicht glaubt, braucht nur die männlichen Tischgenossen fragen. Die können es alle bestätigen.«

»Nein, mein Schatz, da irrst du dich«, erwiderte Hera. »Die Schönste bin ich allein. Hätte mich sonst der Herrscher des Olymps zu seiner Gemahlin gewählt?«

18

»Tut mir leid für euch, aber ihr liegt beide daneben!«
mischte sich da Pallas Athene ein. »Nur mir steht der
Apfel zu. Denn Schönheit ist erst vollkommen, wenn
sie sich mit Weisheit paart. Und ich bin nicht nur schön,
sondern auch weise! Meine klugen Ratschläge verbes-
sern das Leben in Zeiten des Friedens und sichern den
Sieg in denen des Krieges! Doch lassen wir Zeus nach
bestem Wissen und Gewissen sein Urteil fällen!«

»Ja, richtig«, stimmten die anderen Gäste im Chor zu,
»Zeus soll entscheiden, wem der Apfel gebührt!«

Nun saß Zeus in der Klemme. Für wen sollte er sich
entscheiden? Schließlich handelte es sich um die erste Wahl der Geschichte zur Miss Universum, und er
hatte es mit drei außergewöhnlichen Kandidatinnen zu
tun, eine schöner, aber auch empfindlicher als die andere. Zwei von ihnen würde er unweigerlich kränken,
und Sanktionen der zurückgewiesenen Göttinnen waren ihm gewiß. Hätte er frei entscheiden können, wäre
ihm die Wahl nicht schwergefallen. Aphrodite hätte den
Apfel bekommen, die gefiel ihm einfach am besten, und
außerdem stieß ihn Hephaistos zu seiner Linken schon
dauernd mit dem Ellbogen an.

»Worauf wartest du, o Zeus«, zischte er. »Gib Aphrodite endlich den Apfel. Siehst du denn nicht, daß sie die
Schönste ist?«

»Natürlich«, hätte Zeus am liebsten geantwortet, »ich
verzehre mich seit Ewigkeiten nach ihr. Doch es ist mir
nie gelungen, sie auf mein Lager zu bekommen.« Doch
er sagte nur: »Du hast gut reden. Sieh mal, wie meine
Gattin mich anschaut! Wenn ich nicht augenblicklich
sie zur Schönsten küre, bekomme ich Ärger.«

Tatsächlich spürte Zeus beständig Heras Blick in seinem Nacken, schmerzhaft wie ein Wespenstich. Doch zu seinem Glück trat genau in diesem Moment Themis, die Göttin der Gerechtigkeit, auf ihn zu.

»Halte dich da lieber raus«, sprach die Göttin zu ihm, »beauftrage doch einfach einen Außenstehenden damit, die Sache zu entscheiden ... vielleicht sogar einen gewöhnlichen Sterblichen ...«

Das ließ sich der Göttervater nicht zweimal sagen. Er erhob sich und sprach die feierlichen Worte:

»O Göttinnen des Olymps. Nicht einen, sondern gar hundert Äpfel müßte ich besitzen, um euch alle so auszuzeichnen, wie ihr es verdient. Wie könnte ich daher, da mir nur ein einziger zur Verfügung steht, eine von euch auserwählen, ohne sogleich von den anderen der Parteiigkeit gezogen zu werden? Schließlich bin ich von mancher von euch der Vater, von anderen der Bruder, von einer gar der Gemahl. Aus diesem Grunde scheint es mir gerechter, einen Fremden dazu aufzurufen, das Urteil zu fällen. Und so hört nun meinen Entschluß: Dieser Fremde soll der Schäfer Paris sein, und die Göttinnen, die sich seinem Urteil unterwerfen, Hera, Athene und Aphrodite!«

Ein langes Raunen lief durch den Saal. Zeus schien tatsächlich entschlossen, diese knifflige Aufgabe einem fast unbekannten Jüngling zu übertragen. Und so fragten sich alle unweigerlich:

»Wie soll das gehen? Ein Sterblicher, und noch nicht einmal ein König oder ein weiser Priester, sondern ein einfältiger Schäfer! Wie soll er den Göttinnen ins Antlitz schauen, ohne wie vom Blitz getroffen tot umzufallen? Und was versteht schon ein Schäfer von der weiblichen Schönheit, von unsterblichen Göttinnen und olympischen Angelegenheiten?«

Zeus jedoch erstickte alle Einwände schon im Keim.

»Und niemand wage es, an meinem Entschluß herumzukritteln. Ich bin der Vater aller Götter und weiß sehr genau, was ich tue. Eure Ratschläge brauche ich nicht! Darum befehle ich, daß Hermes die Göttinnen im ersten Licht des Tages zum Berg Ida in Phrygien bringe und sie dem jungen Paris vorführe. Und jetzt Schluß damit. Trinkt mit mir und stoßt auf das Wohl des Brautpaares an!«

II

Das Urteil des Paris

Doch wer war eigentlich dieser Paris? Nun, sicher eine ganz schöne Belastung, jedenfalls für seine Familie und seine Landsleute. Und nicht, daß sie nicht gewarnt gewesen wären. Ja, die Prophezeiungen, die seine Geburt begleiteten, hätten schlimmer nicht sein können. So soll Paris' Mutter Hekabe in der Vornacht etwas Entsetz- . liches geträumt haben. Aus ihrem Bauch waren Dutzende und Aberdutzende von Giftschlangen entwichen, die bis zu den Stadtmauern weiterkrochen und schließlich die ganze Stadt in Brand setzten. Davon erzählt zum Beispiel auch Apollodor von Athen, der jedoch nicht von Giftschlangen, sondern von glühenden Holzscheiten spricht.

Als die Geburt ihres zweiten Kindes herannahte, hatte sie im Traum die Vorstellung, sie habe ein brennendes Holzscheit geboren, das die ganze Stadt verheere und verbrenne.

(vgl. Apollodor, *Mythologische Bibliothek*, III, 12, 5)

Es dürfte wohl nicht schwergefallen sein, diesen Traum einer schwangeren Frau im neunten Monat zu deuten (das wäre uns, denke ich, auch noch gelungen). Und so hieß es bald auch überall, daß dieser Säugling den Untergang Trojas bedeute.

Besonders Aisakos steigerte sich fast in einen Tobsuchtsanfall bei dem Versuch, seinen Vater davon zu überzeugen, das Kind umzubringen.

»Töte es, mein Vater, töte es, solange noch Zeit ist!« schrie er unter Zuckungen, »bevor dieses Kind es sein wird, das uns tötet!«

Nun war dieser Aisakos möglicherweise Epileptiker, sicher aber war er nicht ganz richtig im Kopf, denn er hatte wirklich ausgefallene Angewohnheiten. So erzählt man von ihm, er habe einer nicht erwiderten Liebe wegen jeden Morgen Punkt acht einen Selbstmordversuch unternommen. Dazu kletterte er auf eine Klippe über dem Meer und stürzte sich kopfüber hinab, starb aber nie, weil die Klippe nicht hoch genug war. Eines Tages konnten die Götter dieses makabre Schauspiel nicht mehr länger mitansehen und verwandelten Aisakos in einen Eisvogel. »Auf diese Weise kann er sich hinabstürzen, so oft er mag«, sagten sie, »das stört jetzt keinen mehr.«

Unterstützung erhielt Aisakos nun aber durch seine Schwester Kassandra, die wie er die Gabe besaß, die Zukunft zu weissagen.

Da am Baum des Orakels, am Lorbeer sang
Kassandra, töten müsse man ihn
Als gewaltiges Schandmal der Priamstadt.

Zu wem nicht ging, wen flehte an sie nicht der Volks-
Ältesten, daß
Einer töte den Knaben!
   (vgl. Euripides, *Andromache*, 297-303)

Anstatt der Weissagung des Bruders größere Glaub-
würdigkeit zu verleihen, bewirkte Kassandras Flehen
jedoch gerade das Gegenteil. Dazu muß man wissen,
daß Kassandras Sehergabe einen entscheidenden Haken hatte. Weil sie Apollon einmal schwer gekränkt
hatte, war sie dazu verdammt worden, mit ihren Weis-
sagungen niemals Glauben zu finden. Und das kam so.
Eines Tages beobachtete der Gott, wie Kassandra mut-
terseelenallein durch einen Hain spazierte, und war
dabei von der Anmut des Mädchens dermaßen ange-
tan, daß er ihr folgendes Angebot machte:
   »Wenn du, holde Magd, bereit bist, mit mir das Lager
zu teilen, so mache ich dich zur größten aller Seherin-
nen.«
   Kassandra war sogleich einverstanden, doch nachdem sie die göttliche Gabe erhalten hatte, wurde sie
plötzlich zickig und wollte sich dem Gott nicht mehr
hingeben. Verständlicherweise war Apollon erbost,
sagte aber noch einlenkend zu ihr:
   »Dann gib mir wenigstens einen Kuß!«
   »Na gut, meinetwegen ...«, antwortete Kassandra,
indem sie die Augen schloß, »aber nur einen einzigen.«
   Da spuckte ihr Apollon flink wie eine Natter auf die
Lippen und verdammte sie so dazu, daß niemand ihren Vorhersagen Glauben schenkte. Rätselhaft bleibt
bei der Sache nur, warum ein allmächtiger Gott wie

Apollon nicht schon im voraus wußte, daß er bei dem Mädchen leer ausgehen würde, und wieso die Seherin Kassandra seine Reaktion nicht vorhersah. Aber das sind eben Widersprüche, wie sie ja auch unter den Sehern unserer Tage weit verbreitet sind.

Doch kehren wir zu Paris zurück, oder genauer Alexandros, wie er bei seiner Geburt genannt wurde. Als Priamos den Kleinen so putzig in der Wiege liegen sah, wie er ihm zulächelte und mit dem Händchen winkte, brachte er es nicht übers Herz, ihn zu töten. So betraute er einen seiner Bauern mit dieser Aufgabe, einen gewissen Agelaos.

»Ich bitte dich, Agelaos«, sagte er unter Tränen zu ihm, »setze ihn im Idagebirge aus, aber sag mir auf keinen Fall genau, wo, denn ich würde sofort dorthin eilen, um ihn zu retten.«

Es ist schon unglaublich, wie es in allen Mythologien, von der griechischen bis zur indischen, so viele Säuglinge schaffen zu überleben, nachdem man sie in den unwirtlichsten Gegenden ausgesetzt hat. Irgendein armer Hund bringt das Neugeborene in die Wildnis, überzeugt, daß Hunger und Kälte es in einer Nacht umbringen werden, und dann – zack, nach nicht einmal fünf Minuten taucht eine liebe Bärenmutter auf (oder eine Wölfin oder ein Affe), die das Kleine nicht nur nicht in Stücke reißt, sondern an die Brust nimmt und trinken läßt. Paris, Tarzan oder auch Romulus und Remus wären auf der Säuglingsstation eines unserer modernen Krankenhäuser gefährdeter gewesen als in der Wildnis, in der man sie ausgesetzt hatte.

Nach fünf Tagen kehrte Agelaos zum Ort des Verbrechens zurück, und anstelle eines leblosen kleinen Körpers sah er eine Bärin, die den kleinen Alexandros liebevoll säugte. Ergriffen von der wunderbaren Szene, verzichtete er darauf, seine Aufgabe zu Ende zu führen, nahm den Säugling mit in seine Hütte und zog ihn zusammen mit seinen anderen Kindern groß.

Nach einer Zeit von fünf Tagen fand er das ausgesetzte Kind unbeschädigt. Er hob es auf, nahm es mit sich, erzog es auf seinem Felde gleich einem eigenen Kinde und gab ihm den Namen Paris.
(vgl. Apollodor, *Mythologische Bibliothek*, III, 12, 5)

Mit den Jahren wuchs Paris zu einem wunderschönen, starken Jüngling heran. Er fühlte sich wohl in seinem Hirtenleben, wußte, wie er seine Herden gegen Viehdiebe schützen mußte, und hatte seinen Spaß daran, die Stiere von Agelaos gegeneinander kämpfen zu lassen. Außerdem war das Idagebirge gar keine so schlechte Wohngegend, wenn wir Euripides glauben können:

Als Rinderhirt wuchs Paris dort auf,
nah bei der kristall'nen Flut,
wo die Quellen der Nymphen sich ergießen
und rings grün auf Wiesen und Au'n
Blumen erblühen, Rosen und Hyazinthen,
zu pflücken von der Göttinnen Hand!
(vgl. Euripides, *Iphigenie in Aulis*, 1292-1299)

Eines Nachmittags jedoch, als der Jüngling Flöte spielend im kühlen Schatten eines Baumes saß, fuhr plötzlich eine goldene Kutsche bei ihm vor, mit vier schönen und prächtig gewandeten Insassen darin.

> *Dorthin kam Athene einst, es kam*
> *Die verschlagene Aphrodite,*
> *Und Hera – Hermes auch,*
> *Des Zeus' Bote kam –:*
> *Aphrodite, stolz auf ihren Liebeszauber,*
> *Auf die Lanze Athene, Hera*
> *Auf des Herrschers Zeus königliches Bett,*
> *So kamen sie zu dem verhaßten Spruch,*
> *Der Schönheit unseligem Streit.*
> (vgl. ebda., 1299 ff.)

Angesichts all dieses Glanzes wurde es Paris recht mulmig zumute, und er wollte gerade die Flucht ergreifen, als Hermes ihn ansprach:

»Was fliehst du, o Paris? Fürchte dich nicht! Du bist so schön, intelligent und erfahren in Liebesdingen, daß der allmächtige Zeus dich dazu ausersehen hat, die Schönheit der Göttinnen, die hier vor dir stehen, zu beurteilen. Nimm diesen Apfel, ihn sollst du der Schönsten reichen.«

Und mit diesen Worten drückte er ihm den Apfel in die Hand.

Paris traute seinen Augen und Ohren nicht. Er, erfahren in Liebesdingen? Er, Richter über die Schönheit der Göttinnen? Nein, das konnte sich nur um ein Mißverständnis handeln. Schließlich hatte er in seinem Leben bisher nur Weiden und Ziegen gesehen.

Gut, zugegeben, da war einmal ein kleiner Flirt mit einer Nymphe gewesen (Oinone hatte sie geheißen), aber über zwei, drei Küßchen hinter einer Hecke und ein paar in die Rinde eines Baumes geritzte Herzchen war man nicht hinausgekommen. Nein, dieser Gott mußte da irgend etwas durcheinandergebracht haben.

»O edler Götterbote«, antwortete Paris mit zitternder Stimme, »du scheinst mich mit jemandem zu verwechseln. Ich bin doch nur ein armer Hirte. Wie könnte ich der Richter über solche Schönheiten sein?«

»Dies, o Paris, ist der Wille des Göttervaters«, ließ sich Hermes nicht beirren. »Schau dir die Damen genau an und urteile dann. Aber lasse dich dabei nur von deinem natürlichen Instinkt leiten!«

Jetzt wagte es der Jüngling, den Blick zu den drei Göttinnen zu erheben, die sich mittlerweile wie die Kandidatinnen einer Misswahl in Pose gestellt hatten.

»Wäre es vielleicht möglich«, bat Paris nun, »sie von ganz nahe zu sehen?«

»Wie es dir beliebt«, antwortete Hermes beflissen, »du bestimmst hier die Regeln.«

»Hmm ... müssen sie denn ihre Kleider anbehalten?«

»Natürlich nicht, wenn es dein Wunsch ist, sie nackt zu sehen.«

»Nun ja ... ich glaube«, stammelte Paris ein wenig verlegen, »möglicherweise fiele mir ein Urteil leichter ... wenn ich sie nackt sehe ...«

Die drei Göttinnen ließen sich nicht lange bitten. Eine nach der anderen lösten sie die Bändchen auf den Schultern, und ihre Gewänder glitten zu Boden und zeigten sie im vollen Glanz ihrer göttlichen Schönheit. Paris stockte der Atem, und kalter Schweiß trat ihm auf die

Stirn, während er sie mit offenem Mund anstarrte. Unterdessen beäugten auch die drei Göttinnen einander argwöhnisch.

»Es ist nicht recht, daß du deinen verfluchten Gürtel anbehältst!« zischte Athene an Aphrodite gewandt. »Nimm ihn ab, sonst lasse ich den Wettbewerb platzen!«

Mit einer ärgerlichen Geste nahm Aphrodite den berühmten Zaubergürtel ab, bei dessen Anblick sich jeder augenblicklich in sie verliebte, und forderte dann die Rivalin auf:

»Was bildest du dir ein? Du glaubst doch nicht etwa, ich sei auf den Gürtel angewiesen, um dich an Schönheit zu übertreffen? Aber du, setz endlich deinen Helm ab, mit dem du größer erscheinen willst. Mit dem kannst du ohnehin niemanden verzaubern.«

Und während sich die Göttinnen so untereinander beharkten, bestaunte der Hirtenjüngling fassungslos ihre makellosen Körper, so strahlend weiß und glatt wie feinstes Porzellan. Mittlerweile fand er seine Aufgabe schon sehr viel interessanter, als sie ihm anfangs erschienen war. Nacheinander traten nun Hera, Athene und Aphrodite auf ihn zu und versuchten, ihn mit tausend Versprechungen für sich einzunehmen.

Hera versprach ihm, wenn er sich zu ihren Gunsten entscheide, werde er über die ganze Welt herrschen und an Reichtum alle anderen übertreffen. Athene versprach ihm, er werde, wenn sie als Siegerin hervorgehe, der stärkste unter allen Sterblichen und in jeder Kunst bewandert sein. Aphrodite aber versprach, ihm die

Tyndareos-Tochter Helena, die schönste aller Frauen,
zur Gemahlin zu geben.
  (vgl. Hyginus, *Fabulae*, 92)

Paris überlegte nicht lange und wählte die Liebe! Was
interessierten ihn Asien oder die Intelligenz? Wo lag
dieses Asien überhaupt? Und was war Intelligenz?
Wenn mit Intelligenz die Fähigkeit gemeint war, eine
Herde zu bewachen, besaß er schon mehr als genug davon, und aus diesem Grund verführte ihn, mehr als die
Versprechungen von Hera und Athene ...

Aphrodite mit listiger Red',
Die freudvoll zu hören für Paris,
Doch Unheil bedeutet für das Leben der Phryger
Und ihre unglückliche Stadt: Troja.
  (vgl. Euripides, *Andromache*, 289-293)

Mit anderen Worten, das Fleisch siegte über den Geist,
und Paris entschied sich so wie jeder von uns in seiner Situation wahrscheinlich auch: Unter Macht, Intelligenz und Liebe wählte er ohne Zögern letztere – mit
allen daraus erwachsenden Konsequenzen.

Der Zorn der beiden Verliererinnen aber war kaum
zu beschreiben, und sie überschütteten den armen Paris
mit Flüchen und Schmähungen.

»Flegel!«

»Schwachkopf!«

»Versager!«

»Dummkopf: Du hast noch nicht mal verstanden,
was ich dir geboten habe!«

»Aber was soll man von einem wie dir schon anderes erwarten, einem begriffsstutzigen, stinkenden, verlausten, ungezogenen, tölpelhaften Schafhirten!«

Und während Aphrodite ihren Sieg in vollen Zügen genoß, zogen Athene und Hera wutschnaubend und tief gekränkt von dannen und dachten von nun an nur noch daran, wie sie sich an diesem Paris rächen würden, und an seinem ganzen Volk, diesen ignoranten trojanischen Hurensöhnen!

III

Die Kriegsdienstverweigerer

Nicht alle Griechen konnten sich für die Idee erwärmen, am Rachefeldzug gegen die Trojaner teilzunehmen. Und ausgerechnet die namhaftesten Helden ließen nichts unversucht, um sich vor dem Wehrdienst zu drücken. So kann man wohl mit Fug und Recht Odysseus und Achill, um nur zwei Namen herauszugreifen, als die ersten uns bekannten Kriegsdienstverweigerer der Geschichte bezeichnen. Doch greifen wir den Ereignissen nicht zu weit vor, sondern schauen wir uns lieber an, wie sich die Dinge nach dem Urteil des Paris entwickelten.

Aphrodite hatte ihm also die schöne Helena versprochen, obwohl sie das eigentlich nicht hätte tun dürfen. Denn Helena war schon verheiratet, mit Menelaos nämlich, dem König von Sparta. Der hatte nun nicht vor, sie an den Nächstbesten abzutreten, nicht zuletzt, weil es ihn einige Mühe gekostet hatte, sie überhaupt für sich zu gewinnen. So hatte er sich gegen nicht weniger als neunundzwanzig Mitbewerber königlicher Abstammung durchsetzen müssen (manche sprechen sogar von neunundneunzig), unter ihnen die schillerndsten Namen der griechischen Aristokratie, Leute vom Schlage eines Aias, Philoktetes, Diomedes, Idomeneus, Patroklos, Teukros, Menestheus oder Odysseus. Letzterer, Odysseus also, war nun zwar ein König wie all die anderen, aber leider auch bettelarm. Grund genug für ihn, irgendwann seine Ansprüche zurückzuschrauben, also auf die schöne Helena zu verzichten und sich ganz auf deren Cousine zu konzentrieren, eine zwar sehr viel weniger attraktive, dafür aber um so treuere Frau.

»Wenn du bei deinem Bruder Ikarios ein gutes Wort für mich einlegst«, sprach er zu Helenas Vater Tyndareos, »damit er mir seine Tochter Penelope zur Frau gibt, erzähle ich dir, wie du verhindern kannst, daß dir die zurückgewiesenen Freier deiner Tochter eines Tages den Krieg erklären.«

»Wie das?« fragte Tyndareos sehr interessiert.

»Laß sie alle schwören, Helenas Ehre jederzeit zu verteidigen, ganz gleich, auf wen ihre Wahl schließlich fallen wird.«

Und so geschah es. Man opferte ein Pferd, und jeder Freier legte den feierlichen Eid ab, Helenas Ehre zu verteidigen, auch wenn sie sich einen anderen zum Gatten wähle.

Leider gedachten nun Ananke, also das Schicksal, und ihre Töchter, die über den Lebensfaden jedes Menschen bestimmenden Moiren, bald schon zu prüfen, wie aufrichtig dieser Schwur gemeint war. Zunutze machten sie sich dabei die Tatsache, daß die Töchter des Tyndareos allesamt den Begriff »eheliche Treue« ausgesprochen weit faßten. Mit anderen Worten, sowohl Helena als auch Klytämnestra und Timandra verloren auf der Stelle den Kopf, wenn ihnen ein Mann schöne Augen machte.

So kam es, daß sich eines Tages Paris in Menelaos' Palast vorstellte. Der Jüngling war noch schöner geworden und trug herrliche, aus Gold- und Silberfäden gewebte Gewänder, denn König Priamos hatte ihn mittlerweile als seinen Sohn anerkannt.

Da ihm auch noch die Göttin der Schönheit und der Liebe zur Seite stand, kann es nicht verwundern, daß sich Helena auf den ersten Blick in ihn verliebte.

Paris seinerseits legte sich mächtig ins Zeug, um sie zu verführen. Beim Festbankett nutzte er die Gelegenheit, daß Menelaos auf Geschäftsreise auf Kreta war, und trank ganz dreist aus Helenas Pokal. Er setzte die Lippen an dieselbe Stelle, die ihr Mund gerade berührt hatte, tauchte dann einen Finger in den Wein und schrieb auf die Tischdecke: »Ich liebe dich.« Ovid zufolge sollen auch eine Reihe von Zettelchen mit Liebeserklärungen zwischen den beiden hin und her gegangen sein. Hier einige Auszüge:

Gruß und Heil schickt Priamos' Sohn dir, Tochter der Leda,
Heil, das du nur allein ihm zu verleihen vermagst.
Lieber wünschte ich verborgen meine Glut, bis Zeiten erschienen,
Wo mit der Freude Gefühl sich nicht vermischte die Furcht.
Doch ich verhehle sie schlecht; denn wer verhehlte die Flamme,
Die durch den Schimmer des Lichts immer sich selber

34

verrät?
Dich, die mir als Frau die goldene Venus verheißen,
Such' ich, dich hab' ich ersehnt, ehe bekannt du mir
warst.
Eher noch als mit dem Aug' erblickt ich im Geiste
dein Antlitz;
Kunde von deiner Gestalt brachte zuerst das Gerücht.
Nicht zu verwundern ist's, wenn ich dich liebe: Ich
muß ja,
Da mich, vom Bogen geschnellt, traf aus der Ferne der
Pfeil.
(vgl. Ovid, *Heroides. Briefe der Sagefrauen*, 1 ff.)

Noch in derselben Nacht brannten die beiden frisch
Verliebten durch. Helena ließ ihre gerade neunjährige
Tochter Hermione zurück, nahm aber ihren jüngsten
Sohn Pleisthenes mit, außerdem fünf Mägde, vier Maul-
tiere sowie einen Schatz, der damals auf drei Talente
geschätzt wurde, was heute gut drei Millionen ent-
spricht. Wir können uns also vorstellen, wie groß der
Zorn des gehörnten Gatten war. Kaum hatte Menelaos
von der »hinterhältigsten Schandtat«, wie sie Diktys
von Knossos nennt (*Bellum Troianum*, I, 3), erfahren, berief er sich auf den vorehelichen Vertrag und
zitierte alle griechischen Herrscher herbei und zwang
sie, Troja den Krieg zu erklären.
  Doch nicht alle hatten Lust, ins Feld zu ziehen. Speziell Odysseus und Achill setzten, wenn auch aus unter-
schiedlichen Beweggründen, alles daran, sich nicht in
die Auseinandersetzung hineinziehen zu lassen.
  So war Odysseus gerade ein Sohn geboren worden,

und außerdem war er König einer der schönsten Inseln Griechenlands. Was konnte ihm also daran liegen, die Ehre einer Frau zu verteidigen, die, wie alle sagten, ein ziemlich durchtriebenes Luder war? Und dann waren auch die Vorzeichen für das Unternehmen alles andere als ermutigend.

Odysseus hatte das Orakel erhalten, er werde, wenn er gegen Troja gezogen sei, nach zwanzig Jahren ohne Gefährten, allein und arm nach Hause zurückkehren.
(vgl. Hyginus, *Fabulae*, 95)

Da es damals noch keine Wehrdienstverweigerung aus Gewissensgründen gab, verfiel Odysseus nun auf die Idee, es mit einer seiner Listen zu versuchen, für die er bekannt war. Und was tat er? Er stellte sich wahnsinnig. Als er hörte, daß die griechische Einberufungskommission unter der Führung der wichtigsten Fürsten auf Ithaka gelandet war, stülpte er sich eine eiförmige Bauernmütze über, eine Kopfbedeckung, die in Griechenland die Dorftrottel trugen, spannte einen Ochsen und einen Esel vor einen Pflug und machte sich daran, den Strand seiner heimischen Insel zu pflügen und im Gehen Salz über die Schulter zu werfen. So sahen ihn bei ihrem Eintreffen die Heerführer Menelaos, Agamemnon und Palamedes. Letzterer war eine Art Wissenschaftler. Er hatte das Damespiel erfunden, die Würfel, die elf Buchstaben des griechischen Alphabets und ein System zur Berechnung der Monate auf der Grundlage der Mondphasen.

Odysseus gab vor, sie nicht zu erkennen, und fuhr

munter fort, den Sand zu pflügen, während nur ein paar Schritte von ihm entfernt sein kleiner Sohn Telemachos friedlich in seiner Wiege schlief.

Agamemnon schaute Odysseus eine Weile bei der Arbeit zu, schüttelte dann nur den Kopf und meinte zu seinen Gefährten:

»Ich fürchte, Odysseus können wir vergessen. Der ist nicht mehr ganz richtig im Kopf.«

»Zu dumm!« rief Menelaos aus. »Solch einen wertvollen Mann hätten wir gut gebrauchen können. Ach, wenn ich an die arme Penelope denke! Was muß das ein Schlag für sie sein! Nun ja, da kann man nichts machen. Lassen wir den armen Kerl lieber allein.«

Doch Palamedes, der Odysseus in puncto Verschlagenheit in nichts nachstand, hielt Menelaos zurück.

»Warte einen Moment. Irgend etwas kommt mir hier seltsam vor. Ich will Odysseus auf die Probe stellen.«

Er hob Odysseus' Sohn Telemachos aus der Wiege und legte ihn vor den Pflug.
(vgl. ebda.)

Jetzt war Odysseus gezwungen innezuhalten, und die griechischen Heerführer erkannten, daß er so verrückt nun auch wieder nicht war. Palamedes aber konnte es nicht lassen, nachdem er Odysseus schon einen Strich durch die Rechnung gemacht hatte, ihn auch noch ein wenig auf den Arm zu nehmen.

»O Odysseus, pflüge nur in Ruhe zu Ende. Aber dann nimm deine Waffen und tue deine Pflicht.«

Odysseus antwortete nicht, dachte aber bei sich: »O

Palamedes, du erbärmlicher Wurm, sieh dich nur vor, denn das wirst du mir büßen!« Gedacht, getan. In Troja angekommen, rächte er sich auf übelste Weise. Wir lassen uns von Hyginus erzählen, was da vor sich ging.

Tag für Tag grübelte Odysseus, wie er sich an Palamedes rächen könne. Schließlich setzte er einen Plan in die Tat um. Er sandte einen Soldaten zu Agamemnon und ließ ihm ausrichten, die Götter hätten ihn im Traum dazu aufgefordert, das Lager an anderer Stelle zu errichten.
(vgl. ebda., 105)

Ein Lager zu verlegen war nun keine Kleinigkeit, und Agamemnon wäre auch schwerlich dazu bereit gewesen, hätte Odysseus ihm nicht auseinandergesetzt, daß hinter der ganzen Sache ein Verrat stecke. So hätten es ihm zumindest die Götter offenbart.

Und Agamemnon schenkte Odysseus' Worten Glauben und gab Befehl, das Lager zu verlegen.
(vgl. ebda.)

Nun ging Odysseus zur zweiten Phase seines Plans über.

Des Nachts schlich er allein zu der Stelle zurück, wo einst Palamedes' Zelt gestanden hatte, und vergrub dort eine große Menge Goldes. Dann befahl er einem phyrigischen Gefangenen, Palamedes einen Brief zu überbringen.
(vgl. ebda.)

Natürlich handelte es sich um einen gefälschten Brief, den Odysseus geschrieben hatte.

Anschließend schickte er einen Soldaten los, damit dieser, in einiger Entfernung vom Lager, den Gefangenen töte, noch bevor er den Brief überbringen konnte. Am Tag darauf, während das griechische Heer das Lager wieder an alter Stelle aufschlug, fand ein Soldat die Leiche des Phrygers und in seinen Händen den von Odysseus geschriebenen Brief, den er sofort zu Agamemnon brachte. Darin stand zu lesen: »Von Priamos an Palamedes. Das Gold, das ich dir überbringen ließ, ist der Preis, den du für den Verrat des griechischen Lagers verlangtest.«

(vgl. ebda.)

Wir können uns vorstellen, was in Palamedes vorging, als man ihn vor ein Kriegsgericht schleifte. Zunächst tobte er, weinte, schrie und stritt alle Vorwürfe ab. Doch als man unter seinem Zelt das im Brief erwähnte Gold fand, war er nicht mehr zu retten. Die Richter verurteilten ihn zum Tode. Während man Palamedes zu dem Platz seiner Steinigung führte, rief er noch aus: »Wahrheit, ich trauere um dich, die du vor mir zugrunde gingst.«

Der zweite Kriegsdienstverweigerer war Achill, einer der Söhne aus der Ehe von Thetis und Peleus, ein junger Mann mit einem recht cholerischen Charakter, der keiner Schlägerei aus dem Weg ging (nicht zufällig beginnt Homers *Ilias* mit dem »Zorn des Peliden Achilleus«). Die Aufforderung, in den Krieg zu ziehen, kam ihm also so willkommen wie die Einladung zu einem großen Hochzeitsfest. Doch auch auf Achill lastete eine düstere Weissagung. Ein Orakel hatte seiner Mutter Thetis prophezeit, daß es für ihren Sohn zwei mögliche Schicksale gebe: entweder ein kurzes, ruhmreiches Leben in Troja oder ein langes, fades zu Hause. Wie nicht anders zu erwarten, favorisierte die Mutter die zweite Alternative.

»Mein lieber Sohn«, sagte sie zu Achill, »alle wissen, daß du der stärkste und tapferste aller Achäer bist. Das mußt du niemandem mehr beweisen. Warum solltest du also nach Troja aufbrechen und dein Leben aufs Spiel setzen? Laß es dir lieber zu Hause gutgehen, am besten an der Seite einer braven Frau und vieler süßer Kinder.«

»O angebetete Mutter«, wandte Achill ein, »wie kannst du so etwas von mir verlangen? Weißt du nicht, daß die Achäer meinen starken Arm brauchen?«

»Sicher, aber es segeln bereits Tausende und Abertausende von Kriegern nach Troja. Einer mehr oder weniger wird da ganz sicher nicht für den Ausgang des Krieges entscheidend sein!«

Thetis wußte, daß sie da nicht die Wahrheit sagte. Der Seher Kalchas hatte klar und deutlich prophezeit, daß die Achäer den Krieg ohne Achill niemals gewinnen würden. Doch die Mama ist nun mal die Mama, und so flehte und weinte sie so lange, bis Achill sich schließlich bereit erklärte unterzutauchen. Sie plante nämlich, ihn als Mädchen zu verkleiden und im Palast von Lykomedes, des Königs von Skyros, zu verstecken.

Thetis ließ ihm Mädchenkleider anlegen, um ihn als Jungfrau unter den Mädchen des Königs Lykomedes auf Scyrus zu verwahren.

(vgl. Apollodor, *Mythologische Bibliothek*, III, 13, 8)

Der König empfing ihn mit allen Ehren und versteckte ihn...

... mit verändertem Namen unter seinen unverheirateten Töchtern: Die Mädchen nannten ihn nämlich »Pyrrha«, da er blonde Haare hatte. Denn »blond« heißt auf griechisch »pyrrhon«.

(vgl. Hyginus, *Fabulae*, 96)

Rasch gewöhnte sich Achill an die neue Situation, die in Anbetracht der Tatsache, daß die Töchter von Lykomedes alle wunderschön waren, so unangenehm nicht gewesen sein kann. Jeden Morgen mitanzusehen, wie sie nackt in einem nahen See ein Bad nahmen, muß eine ständige Versuchung für ihn gewesen sein. Und so kam, was kommen mußte:

Achill beschlief des Lykomedes Tochter, Deïdameia, und bekam von ihr einen Sohn Pyrrhus, nachher Neoptolemus genannt.

(vgl. Apollodor, *Mythologische Bibliothek*, III, 13, 8)

Doch so leicht ließ sich das Schicksal nicht überlisten. Eines Tages kam Odysseus zu Ohren, daß Achill als Frau und unter falschem Namen in Skyros lebte. Und da nun der König von Ithaka, was Identitätswechsel an-

ging, auch recht einfallsreich war, staffierte er sich als
Kaufmann aus und begab sich zusammen mit Nestor
und Aias zum Palast von König Lykomedes. Dort angekommen ...

*... , legte Odysseus in der Vorhalle des Palastes Gaben
für die Mädchen aus, dazu aber auch einen Schild und
eine Lanze. Dann ließ er plötzlich Trompete blasen und
Waffenlärm und Geschrei ertönen.*
  (vgl. Hyginus, *Fabulae*, 96)

Als Achill die Waffen erblickte, begann er am ganzen
Leibe zu zittern, so groß war das Verlangen, sie anzulegen. Odysseus erkannte ihn und forderte ihn feierlich
auf:

*»Sohn der Göttin, auf dich wartet Pergamon, um zu fal-
len. Was zögerst du, das gewaltige Troja zu zerstören.*
  (Ovid, *Metamorphosen*, XIII, 168 – 169)

Da riß sich der Held die Halsketten und Frauengewän-
der vom Leibe, griff nackt zu Schwert und Schild und
rief:
  »Ich bin bereit: Auf nach Troja!«

IV

Iphigenie

»Die Schuld der Väter geht auf die Söhne über« lautet eine alte Lebensweisheit, die für uns Christen mit der Erbsünde zusammenhängt, für die alten Griechen aber untrennbar mit dem Mythos von Iphigenie und ihrem Vater Agamemnon verbunden war. Unzählige Autoren, von Euripides bis Lukrez, von Racine bis Goethe, haben sich von der Geschichte jenes unglücklichen Mädchens zu eigenen Werken anregen lassen. Und sogar Artemis ließ sich von Iphigenies Schicksal anrühren, jene Göttin also, für die Mitleid sonst eher ein Fremdwort war.

Daß die Ehe von Iphigenies Eltern, Agamemnon und Klytämnestra (Helenas Schwester), unter keinem guten Stern stand, war eigentlich schon von Anfang an klar. Zunächst einmal war Klytämnestra, als sich die beiden kennenlernten, nämlich schon verheiratet, und zwar mit einem gewissen Tantalos, einem Sohn des Thyestes (nicht zu verwechseln mit dem anderen Tantalos, der durch seine Qualen berühmt wurde), dem sie gerade ein Kind geboren hatte. Und Agamemnon war ein gewalttätiger Schurke, der üblicherweise nicht viel Federlesens machte, wenn ihm eine Frau gefiel, und nach dem Motto verfuhr: »...und bist du nicht willig, so brauch' ich Gewalt«. Daß Klytämnestra ihm nun gefiel, steht wohl außer Frage, denn kaum sah er sie, riß er ihr auch schon, ohne auch nur »Guten Abend« zu sagen, den Säugling von der Brust, schleuderte ihn mit aller Gewalt zu Boden und vergewaltigte Klytämnestra ohne Erbarmen. Doch damit noch nicht zufrieden, tötete er, vielleicht um Racheakten vorzubeugen, dann auch noch ihren Ehemann Tantalos. Immerhin schleppte er Klytämnestra danach vor den Traualtar, so wie es deren Brüder, die Dioskuren, als Ehrenrettung ihrer kleinen Schwester von ihm verlangt hatten.

Aus der unglücklichen Ehe gingen nun vier Kinder hervor: Iphigenie, Chrysothemis, Elektra und Orestes. Und allen vieren war kein leichtes Leben beschieden. Doch am schlimmsten traf es Iphigenie. Wie nicht anders zu erwarten, war das Mädchen wunderschön und von sanftem Charakter. Klytämnestra liebte ihre Tochter mehr als alles auf der Welt und behütete und beschützte sie, wie sie nur konnte. Verständlicherweise, denn als Gattin eines unsensiblen Grobians wie Agamemnon hatte sie ja nichts anderes als die Zuneigung zu ihren Kindern.

Es ist der Vorabend des Trojanischen Krieges. Die griechischen Heere haben sich in der Bucht von Aulis versammelt und warten darauf, mit der imposanten Flotte von mehr als tausend Schiffen in See zu stechen. Durch eine geschickte Wahlkampfführung ist es Agamemnon gelungen, sich zum Oberkommandierenden wählen zu lassen, also zum König der Könige,

44

und wie so häufig, wenn jemandem von einem Tag auf den anderen alle Macht zufällt, ist auch Agamemnon die Sache ein wenig zu Kopf gestiegen. So verlangt er, daß sich alle beim Vorübergehen vor ihm verneigen, und brüskiert ein ums andere Mal durch sein arrogantes Auftreten sowohl die Verbündeten als auch die Götter. Sogar sein Bruder Menelaos, der eher sanftmütige König von Sparta, spürt das Bedürfnis, ihm ins Gewissen zu reden:

Weißt du noch, als um den Heerstab du nach Troja
dich bewarbst,
Wohl dem Schein nach nichts erstrebend, doch in
Wünschen still entbrannt,
Wie voll Demut du dich schmiegtest, alle Hände
schütteltest,
Und in unverschlossenen Türen offnes Ohr der Reihe
nach
Allen aus dem Volke gönntest, wer es wünscht' und
wer auch nicht,
Daß du dir im Volk die Ehre kauftest durch
Geschmeidigkeit?
Doch nach kaum errungner Würde nahmst du neue
Sitten an,
Warest nicht den alten Freunden mehr der Freund von
ehedem,
Schwer daheim zugänglich, außen kaum zu sehen.
Doch der Mann
Edler Art, der groß geworden, ändert sein Betragen
nicht;
Nein, er sei gerad am meisten dann dem Freunde

treugesinnt,
Wenn er selbst im Glücke wohnend ihm am meisten
nützen kann.
(Euripides, *Iphigenie in Aulis,* 339 ff.)

Doch Agamemnon zeigte keine Einsicht, und eines Tages besaß er auch noch die Dreistigkeit, sich mit Artemis anzulegen, jener Göttin also, die bekanntermaßen keinerlei Neigung zur Vergebung hatte. Und so erzählt uns Sophokles diese Episode:

Man sagt, Agamemnon streifte dort im Wald
Der Göttin, scheuchte einen bunten Hirsch
Im Laufe auf, den er zu Tode traf,
Mit einem allzu kecken Jägerwort.
(vgl. Sophokles, *Elektra,* 574 ff.)

Und zwar rief Agamemnon begeistert, als er mitten ins Schwarze getroffen hatte:

»Zum Zeus, was bin ich gut! Nicht einmal Artemis hätte das besser hinbekommen!«

Nun weiß man ja, wie das mit den Göttern häufig ist: Schon sehr viel weniger hätte gereicht, um ein Sensibelchen wie Artemis zu kränken. Und so sorgte die Göttin zunächst einmal für eine nicht enden wollende Flaute genau in der Gegend von Aulis. Nichts rührte sich mehr, noch nicht einmal eine leichte Brise, kein Windhauch, kein Wölkchen, das zu Hoffnung auf eine Änderung der meteorologischen Situation hätte Anlaß geben können. Die Achäer saßen fest. Und während sie sich noch fragten, womit sie die Götter vielleicht verärgert hatten, ließ Artemis ihnen ihre Bedingungen mitteilen. Als Wiedergutmachung für den erlegten Hirsch und die respektlosen Worte Agamemnons verlangte sie, daß dieser ihr seine liebste Tochter opfere, also die unschuldige Iphigenie. Das Urteil fiel besonders hart aus, weil sich Artemis auch eines alten, nicht eingehaltenen Versprechens von seiten Agamemnons erinnerte. Der König von Mykene hatte ihr nämlich am Tage von Iphigenies Geburt versprochen, ihr die schönste Kreatur zu opfern, die an diesem Tage geboren würde. Und da ihr dieses Opfer bisher nicht gebracht wurde, legte die Göttin nun fest, daß die fragliche Kreatur nun eben Iphigenie sein müsse.

Der Seher Kalchas kam der Aufgabe nach, Agamemnon über die traurige Lage zu unterrichten.

»O Agamemnon, Herr des Griechenheeres, nie
Bindest du die Schiffe los von diesem Strand, eh' nicht
Dein Kind Iphigeneia fiel vor Artemis'
Altar; der strahlenden, der Göttin, hast du ja
Gelobt der Früchte schönste, die das Jahr dir bringt.
Nun schenkte Klytaimnestra dir, dein Eh'gemahl,
Im Haus ein Kind; das mußt du opfern.«
(Euripides, *Iphigenie auf Tauris*, 17 ff.)

Als Agamemnon diese Worte vernahm, begann er sogleich zu fluchen und zu flehen: Nie und nimmer werde er seine Tochter Iphigenie hinschlachten. Und außerdem, und auch wenn, wer würde den Mut haben, die Sache ihrer Mutter beizubringen, der unglücklichen Klytämnestra? Er hatte ihr ja schon bei ihrer ersten Begegnung ein Kind getötet. Wie sollte er ihr nun beibringen, daß er, damit die griechische Flotte in See stechen konnte, nun gezwungen war, ihr auch noch Iphigenie zu nehmen? Mit Sicherheit hätte sie geschrien:

»Du wahnsinniger Mörder! Du Besessener! Hat dir mein erster Sohn noch nicht gereicht? Willst du mir jetzt auch noch Iphigenie entreißen und wie ein Opferlamm schlachten?«

Tatsächlich wird Klytämnestra, was wir nicht verschweigen sollten, immer noch einen gewissen Groll gegen ihren Gatten im Herzen getragen haben. Wenn er ihr jetzt auch noch Iphigenie nahm, lief er Gefahr, daß sie sich gleichzeitig für die erste und zweite Untat an ihm rächte. Andererseits war Agamemnon zu ehrgeizig, um auf ein Unternehmen zu verzichten, bei dem er sich Ruhm zuhauf würde erwerben können. Hinzu kam, daß es die Soldaten gar nicht erwarten konnten, endlich die Waffen zu schwingen. Und so hatte sein Zögern innerhalb der Truppe auch schon einiges Mißfallen erregt. Die Soldaten drohten mit Meuterei, und die Heerführer beschuldigten ihren Oberkommandierenden, ein Schwächling zu sein. »Was ist denn schon dabei, eine Tochter zu opfern?« meinten sie. »Dann bleiben dir immer noch drei Kinder übrig!«

Besonders Odysseus stand Agamemnon höchst kritisch gegenüber. »Alles Zeitverschwendung«, beklagte er sich, »und währenddessen nutzen die Trojaner die Gelegenheit, um ihre Stadt weiter zu befestigen!« Allein Menelaos, versöhnlich wie immer, bemühte sich, Agamemnons Vorbehalte zu verstehen, obwohl er selbst das größte Interesse an dem Unternehmen haben mußte.

48

Schließlich setzte sich aber dank Menelaos' diplomatischem Geschick die Staatsraison durch: Das Opfer sollte gebracht werden. Und der listenreiche Odysseus hatte auch schon einen Plan, wie Klytämnestra dazu zu bewegen war, sich von Iphigenie zu trennen. Agamemnon erzählt uns davon mit Hilfe von Euripides.

»Denn meine Tochter morden konnt' ich nimmermehr,
Bis, alle Gründ aufbietend, mich der Bruder zwang,
Den Greul zu dulden. Und sofort vertraut' ich es
Des Briefes Falten und gebot der Königin,
Mein Kind zu senden als Achilleus' junge Braut.
Den Wert des Mannes rühm ich hoch und wende vor,
Er weigre sich, mit Argos' Heere fortzuziehn,
Folgt ihm von uns nicht eine Braut nach Phthia heim.
So täuscht ich überredend meine Gemahlin, indem
Ich ihr der Tochter Ehebund vorspiegelte.
Um dies Geheimnis wissen drei ihm Heere nur,
Menelaos, Kalchas und Odysseus.
(vgl. Euripides, *Iphigenie in Aulis*, 98 ff.)

Die Intrige war besonders heimtückisch, weil noch nicht einmal Achill, der angebliche Bräutigam, von der Täuschung in Kenntnis gesetzt wurde. Iphigenie ihrerseits war außer sich vor Freude, als die Nachricht sie in Mykene erreichte: Achill zu heiraten, den stärksten aller Helden, muß wohl der Traum aller böotischen Mädchen gewesen sein. Und so traf Iphigenie schließlich in Begleitung ihrer Mutter in einer prunkvollen Kutsche in Aulis ein. Das Mädchen war schön wie nie zuvor, mit ihrem langen blonden Haar, das sanft auf die Schultern fiel, und ihrer roten, goldgesäumten Tunika. Hinter ihnen eine zweite Kutsche, die ihre Mitgift transportierte, also jede Menge Gold und Silber, während ein Zug von Sklaven Hochrufe auf sie und ihren großen Helden anstimmte. Die Begegnung mit dem Vater scheint dann aber ein klein wenig kühl ausgefallen zu sein. Hier das Gespräch, wie Euripides es uns überliefert hat:

IPHIGENIE: *Sei gegrüßt, Vater! Schön war's,*
  daß du mich zu dir riefst.
AGAMEMNON: *Schön oder nicht schön, Tochter, wie*
  man's nehmen mag!
IPHIGENIE: *Du blickst so traurig und verstört, und*
  siehst mich gern?
AGAMEMNON: *Ein Fürst, ein Feldherr hat der Sorgen*
  mancherlei.
IPHIGENIE: *Sei jetzt bei mir nur, denke nicht an deine*
  Sorgen mehr.
AGAMEMNON: *Ich bin doch ganz bei dir, nicht*
  anderswo!
IPHIGENIE: *Verbanne denn die Falten, sieh mich*
  heiter an.
AGAMEMNON: *Mich freut es, dich zu sehen, wie*
  mich's freuen kann.
IPHIGENIE: *Und dennoch strömen Zähren aus dem*
  Auge dir?
AGAMEMNON: *Wohl: Eine Trennung, lang und*
  schwer, steht uns bevor.
(vgl. Euripides, *Iphigenie in Aulis*, 641 ff.)

50

Kurzum, die Lage war gespannt. Und plötzlich überstürzten sich die Ereignisse: Rein zufällig sprach Achill mit jemandem genau vor Klytämnestras Zelt. Die Königin erkannte die Stimme und trat hinaus, um ihren vermeintlichen Schwiegersohn zu begrüßen:

KLYTÄMNESTRA: *O Sohn der Nereide Thetis, deiner Worte Laut vernahm ich innen im Gemach und trat heraus.*

ACHILL: *O heilige Scham! Was seh ich? Welch eine schöne Frau in würdevollem Glanz erblick ich hier?*

KLYTÄMNESTRA: *Ich bin der Leda Tochter, Klytämnestra ist mein Name, König Agamemnon mein Gemahl.*

ACHILL: *In kurzem Worte sagst du schön, was schicklich ist; doch ungeziemend wäre mir Gespräch mit Fraun.*

KLYTÄMNESTRA: *Seltsam! Warum entfliehst du? Gib zu glücklichem Beginn des neuen Bundes dein' in meine Hand.*

ACHILL: *Wie sagst du? Dir meine Hand? Ich müßte wohl Agamemnon scheun, berührt' ich, was mir nicht geziemt.*

KLYTÄMNESTRA: *Gar wohl geziemt es, da du dich mit meinem Kind vermählst, o Sohn der Thetis, die das Meer bewohnt.*

ACHILL: *Vermählen? Ich? Lautloses Staunen faßt mich, Weib, wenn nicht im Irrwahn etwa du so seltsam sprichst.*

(vgl. ebda., 819 ff.)

Und damit wären wir beim bewegendsten Teil der Geschichte angelangt: Die fast kindliche Vorfreude Iphigenies auf die Hochzeit schlägt in tiefste Bestürzung um. Sie läuft zu ihrem Vater und fleht ihn voller Verzweiflung an:

> *»Besäß' ich Orpheus' Liedermund, o Vater, nur,*
> *Um Felsen mir durch Zauber nachzuziehn und*
> *Wen ich wollte, durch mein Wort zu bändigen:*
> *Versucht ich's also. Nun besteht all meine Kunst*
> *In Tränen, diese geb' ich; das vermag ich ja.*
> *Statt eines Ölzweigs heft ich an dein Knie*
> *Mich selbst, dein Kind, o Vater:*
> *Nicht opfre meine Blüte – denn wie gern schau ich*
> *Das Licht! –, nicht stoße mich in finstre Nacht hinab!*
> *Als erste nannt ich Vater dich und du mich Kind,*
> *Als erste schmiegt ich meinen Leib an deine Knie*
> *Und gab und nahm der Liebe süßen Zoll von dir.«*
> (vgl. ebda., 1211 ff.)

Diese Verse von Euripides haben es wirklich in sich, und obwohl ich sie schon viele Male gelesen habe, lasse ich mich jedesmal von neuem von ihnen anrühren. Schließlich habe ich auch eine Tochter, und Iphigenies Worte treffen mitten ins Herz.

Doch kehren wir zu unserer Heldin zurück: Als sie erfährt, daß das gesamte griechische Heer lauthals ihren Tod fordert, weil Artemis' Zorn auf andere Weise nicht zu besänftigen ist, und daß Odysseus persönlich sie »an ihrem blonden Haarschopf zum Opferaltare« zu ziehen gedenkt (Euripides, a. a. O., 1366), ist sie selbst es, die ihre Opferung verlangt. Und hier am Schluß läßt sich Euripides dann leider die Hand von einer guten Portion patriotischer Emphase führen:

> *»Sterben ist mein fester Vorsatz, und vollenden will ich es*
> *Auch mit Ruhm, unedle Regung tilgend aus der edlen Brust.*
> *Darum verzage nicht, o Mutter, nein, opfre meinen Leib*
> *zum Ruhme Griechenlands.«*
> (vgl. ebda., 1380 ff.)

Mit diesen Worten kann Iphigenie zwar ihren Vater nicht mehr umstimmen, aber die Göttin Artemis läßt sich, man glaubt es kaum, von ihnen anrühren und entschließt sich in letzter Sekunde, das Leben des Mädchens zu schonen. Iphigenie liegt schon nackt auf dem Opferaltar, neben ihr Agamemnon mit erhobenem Schwert, bereit, ihre Kehle zu durchbohren, da nutzt die Göttin die Gelegenheit, daß alle Anwesenden aus Mitleid die Hände vor die Augen schlagen, und tauscht das Mädchen gegen eine prachtvolle Hirschkuh aus. Dann hüllt sie Iphigenie in eine Wolke, führt sie in die Gegend von Tauris und macht sie dort zu ihrer höchsten Priesterin.

V

Achill

'

Über den heiligen Zorn des Peliden Achill, der »unzählige Opfer forderte unter den Achäern«, hat Homer
sage und schreibe fünfzehntausendsechshundertdrei-
undneunzig Verse verfaßt, die später dann unter dem
Namen *Ilias* berühmt wurden. Das Hauptthema seines Epos' ist also weniger die zehnjährige Belagerung
Trojas als der nicht zu besänftigende Zorn des Helden,
durch den beinahe das ganze Unternehmen gescheitert
wäre. Und das alles wegen einer banalen Frauenge-
schichte.

Um es ganz prosaisch zu sagen: Agamemnon hatte
ihm eine schöne Sklavin namens Briseïs vom Lager geholt, und darüber war der Held so erbost, daß er sich
von den Kämpfen zurückzog und den Griechen verkündete, erst wieder zu den Waffen greifen zu wollen, wenn
dieser Obermafioso von Agamemnon Briseïs brav zurückgebracht hatte. Wir sehen daraus, welch enorme
Bedeutung auch schon vor dreitausend Jahren Bettge-
schichten erlangen konnten. Doch kommen wir zu den
Fakten.

Achill muß tatsächlich ein sehr schöner Jüngling gewesen sein, mit seinem blonden Haar und den blauen Augen, eine Seltenheit in Griechenland. Darüber hinaus hatte er ein sehr bewegtes Liebesleben, und eine Vielzahl seiner Probleme erwuchs eben aus seinen zahlreichen Beziehungen, sowohl mit Männern (Patroklos und Troilos, dem jüngsten Sohn des Priamos) als auch mit Frauen (zum Beispiel Penthesilea, Polyxena und eben Briseïs).

Was genau war nun vorgefallen? Nichts Besonderes eigentlich: Von einem der häufigen kriegerischen Ausflüge ins Umland Trojas, die der Eroberung der Stadt vorausgingen, hatte sich Agamemnon in seiner Eigenschaft als Oberkommandierender des Unternehmens eine schöne Gefangene mitgebracht, Cryseis, Tochter des Priesters Chryses, und Achill als zweite Wahl deren kleine Cousine Briseïs überlassen, die Tochter des Priesters Briseus. Dabei konnte sich Achill eigentlich nicht beklagen, denn auch Briseïs war wohl alles andere als häßlich, wenn Homer selbst sie in der *Ilias* als »blonde Aphrodite« (XIX, 282) bezeichnet. Und so geschah es, daß sich Achill in Briseïs verliebte und sogar mit dem Gedanken spielte, sie zu heiraten. Kurzum, beide Helden waren mit ihren Eroberungen glücklich und zufrieden. Da tauchte plötzlich Chryses, der Vater von Chryseis, im griechischen Lager auf, ausgestattet mit einem Sack voller Juwelen, mit denen er seine Tochter auszulösen gedachte. Die Diamanten funkelten so verlockend, daß sich die griechischen Feldherrn rasch für diese Idee gewinnen ließen. Nur einer hielt überhaupt nichts davon, Chryseis herauszurücken, und das war natürlich Agamemnon. Ihm war dieser Chryses ein Dorn im Auge, und die Tatsache, daß es sich bei ihm um einen Priester Apollons handelte, hinderte ihn nicht daran, den guten Mann mit Schimpf und Schande aus dem Lager zu jagen.

> *»Daß ich nimmer, o Greis, bei den räumigen Schiffen dich treffe,*
> *Weder jetzt hier zaudernd noch wiederkehrend in Zukunft!*
> *Kaum wohl möchte dir helfen der Stab und der Lorbeer des Gottes!*
> *Chryseis lös' ich dir nicht, bis einst das Alter ihr nahet,*
> *Wann sie in meinem Palast in Argos, fern von der Heimat,*
> *Mir als Weberin dient und meines Bettes Genossin!*
> *Gehe denn, reize mich nicht, daß wohlbehalten du heimkehrst!«*
> (Homer, *Ilias*, I, 25 ff.)

Nach dieser Abfuhr blieb Chryses nichts anderes übrig, als sich ohne die Tochter auf den Heimweg zu machen. Kaum hatte er sich jedoch vom Lager der Griechen soweit entfernt, daß ihn niemand mehr sehen konnte, ließ er auf die Achäer die übelsten Verwünschungen niedergehen, die ihm einfielen, und erflehte auch das persönliche Eingreifen seines Schutzgottes Apollon.

> *»Höre mich, Gott, der du Chrysa mit silbernem Bogen umwandelst,*
> *Samt der heiligen Killa, und Tenedos mächtig*

beherrschest,
Smintheus! Hab' ich dir je den prangenden Tempel
gekränzet,
Oder hab ich dir je von erlesenen Farren und Ziegen
Fette Schenkel verbrannt, so gewähre mir dieses
Verlangen:
Meine Tränen vergilt mit deinem Geschoß den
Achaiern!«
(ebda., I, 37 ff.)

Nun hatte ja Apollon bekanntlich seine Prinzipien: Wehe, man legte sich mit seinen Priestern an. Und wenn der Gott in Zorn geriet, getraute sich noch nicht einmal Zeus, ihm ins Handwerk zu pfuschen. So kam er auch hier Chryses' Bitte gerne nach, zumal er ja ohnehin schon auf seiten der Trojaner stand. Außerdem hatte das Großmaul Agamemnon endlich mal eine Abreibung verdient, schon allein wegen des Tons, in dem er mit dem alten Priester gesprochen hatte.

Tagelang beschoß Apollon nun mit seinen Pfeilen das Lager der Achäer und verbreitete auf diese Weise eine furchtbare Seuche, die in kurzer Zeit einen Großteil des Heeres befiel. Wie Zombies, von Kopf bis Fuß mit klaffenden Wunden und stinkenden Eiterbeulen bedeckt, schleppten sich viele Soldaten zwischen den Zelten herum. Als die Seuche immer weiter um sich griff, begab sich eine Abordnung der höchsten Feldherrn zu Agamemnon und stellte ihn zur Rede.

»O Sohn des Atreus«, sagten sie, »wir sind empört, daß unser König, nur um seine niedersten fleischlichen Gelüste zu befriedigen, alle seine Untergebenen vom ersten bis zum letzten Mann sterben läßt. Gib das Mädchen auf der Stelle seinem Vater zurück, sonst wirst auch du dem Zorn des strahlenden Gottes nicht entgehen.«

Die Spannungen im Lager waren mittlerweile so stark, daß sich Agamemnon schweren Herzens dazu durchringen mußte, Chryses' Tochter herauszugeben, bevor sich die Situation noch weiter verschlimmerte.

»Einverstanden«, erklärte er, »der Mann kann seine Tochter wiederhaben. Im Gegenzug verlange ich aber, für den Verlust entschädigt zu werden, und zwar mit der Kriegsbeute eines anderen Helden.«

Achill, der bei dieser Besprechung anwesend war, verstand im ersten Moment nicht so recht, auf welche Beute der Big Boss da anspielte. Und da sein Nervenkostüm etwas angegriffen war und er keine Lust hatte, lange herumzudiskutieren, meinte der Held nur knapp:

»Ich denke, solche Ansprüche bringen uns im Moment nicht weiter! Du, Agamemnon, bist der bedeutendste aller Könige, aber auch der habsüchtigste. Was für eine Entschädigung könnten wir dir in unserer Situation schon geben? Ist dir nicht bewußt, wie schlecht es um uns steht? Rück also nur Chryseis heraus, und die Soldaten werden ihre Kräfte wiedererlangen. Und dann können wir endlich, mit Hilfe der Götter, Troja vernichten. Danach, aber wirklich erst danach, werden wir dich auch tausendfach entschädigen können!«

»Offensichtlich hast du nicht verstanden, was für eine Entschädigung ich verlange«, antwortete Agamemnon mit einen halb höhnischen, halb drohenden Lächeln. »Als ich von der Beute eines anderen Helden sprach, o

Sohn des Peleus, meinte ich niemand anderen als dich. Denn du wirst es sein, der auf die schöne Briseïs verzichtet, oder genauer, ich selbst werde sie mir in deinem Zelt holen.«

Stellen wir uns Achills Reaktion vor! Das war doch nicht zu fassen: Seit zehn Jahren kämpfte er schon wegen der Eheprobleme eines Bruders von Agamemnon gegen ein Volk, das ihm im Grunde gar nichts getan hatte, und nun dankte es ihm ausgerechnet einer der Atriden, der älteste, arroganteste und lasterhafteste von allen, auf diese Weise! Nahm ihm einfach mir nichts, dir nichts die Sklavin weg! O nein, was zuviel war, war zuviel! Und so begann er, bleich vor Zorn und mit herausgetretenen Augäpfeln, wie ein Besessener zu schreien:

»Trunkenbold, mit dem hündischen Blick und dem
Mute des Hirsches!
Niemals weder zur Schlacht mit dem Volke zugleich
dich zu rüsten,
Noch zum Hinterhalte zu gehn mit den Edlen
Achaias,
Hast du im Herzen gewagt! Das scheinen dir
Schrecken des Todes!«
Zwar behaglicher ist es, im weiten Heer der Achaier
Ihm sein Geschenk zu entwenden, der dir entgegen
nun redet!
Volkverschlingender König! denn nichtigen Men-
schen gebeutst du!
Oder du hättest, Atreide, das letztemal heute
gefrevelt!
(ebda., I, 225ff.)

Doch trotz dieses gewaltigen Zornausbruchs blieb Achill nichts anderes übrig, als auf die geliebte Briseïs zu verzichten. Er schwor allerdings, niemals wieder an der Seite der Achäer in die Schlacht zu ziehen. Und das erklärte er jetzt auch in aller Öffentlichkeit an Agamemnon gewandt:

»Wahrlich, vermißt wird Achilleus hinfort von den Söhnen Achaias
Allzumal; dann suchst du umsonst, wie sehr du dich härmest,
Rettung, wenn sie in Scharen, vom männermordenden Hektor
Niedergestürzt, hinsterben; und tief in der Seele zernagt dich
Zürnender Gram, daß den besten der Danaer nicht du geehret!
(ebda., I, 240 ff.)

Gesagt, getan! Achill zog sich in sein Zelt zurück und wollte fortan von den Ereignissen draußen nichts mehr wissen. In Gedanken war er nur bei seiner schönen Briseïs, und sein Blut geriet in Wallung, wenn er daran dachte, daß dieser aufgeblasene Agamemnon sie ihm fortgenommen hatte. Um sich zu trösten, kam er auf seine alte Leidenschaft, die Musik, zurück. Und wenn jemand zu ihm ins Zelt trat, um sich militärischen Rat zu holen, spielte er ihm eine Weise auf der Leier vor.

Auf diese Weise gedachte er allen zu zeigen, daß er mit niemandem sprechen wollte. Denn anstatt ihn gegen

Agamemnons ungerechtes Ansinnen zu verteidigen, hatten sie ihn alle verraten. So verbrachte er die Tage zurückgezogen in seinem Zelt, an seiner Seite nur die Getreuesten – Patroklos, Phoinix und sein Wagenlenker Automedon.

(vgl. Diktys von Knossos, *Ephemeris belli Troiani*, II, 827)

Als Thetis ihren Sohn so niedergeschlagen sah, machte sie sich zum Göttervater auf und beschwor ihn mit folgenden Worten:

> *»Vater Zeus, wenn ich je mit Worten dir oder mit Taten*
> *Nützt' in der Götter Schar, so gewähre mir dieses Verlangen:*
> *Ehre mir meinen Sohn, der frühhinwelkend vor andern*
> *Sterblichen ward! Doch hat ihn der Völkerfürst Agamemnon*
> *Jetzt entehrt und behält sein Geschenk, das er selber geraubet.*
> *Aber o räch ihn du, Olympier, Ordner der Welt, Zeus!*
> *Stärke die Troer nunmehr mit Siegskraft, bis die Achaier*
> *Meinen Sohn mir geehrt und reichliche Ehr ihm vergolten!*
> (Homer, *Ilias*, I, 503 ff.)

Als Antwort hob Zeus nur eine Augenbraue an und strich sich das Haar zurecht, eine Geste, die den ganzen Olymp erzittern ließ und zu bedeuten hatte, daß der Göttervater bereit war, Thetis in allem, was sie verlangte, zu unterstützen.

Und so kam es, daß die Trojaner, als sie merkten, daß Achill nicht mehr mit von der Partie war, neuen Mut schöpften, immer wieder die feindlichen Linien angriffen und nach und nach das griechische Heer aufrieben. Für Achill waren die katastrophalen Berichte, die ihn von der Front erreichten, die reinste Freude. Zwar gab er sich nach außen hin gleichgültig, doch in Wirklichkeit genoß er in vollen Zügen die Vorstellung, wie Agamemnon einen Schlag nach dem anderen einstecken mußte. Schließlich erschien eine Abordnung bei ihm, die ihm als Gegenleistung für eine Rückkehr aufs Schlachtfeld einen Haufen Geschenke versprach, darunter selbstverständlich die schöne Briseïs. Und was dabei besonders wichtig war: Agamemnon schwor ihm, die Gefangene nicht angerührt zu haben.

»Sehr freundlich«, antwortete Achill den Abgesandten, »doch ihr verschwendet nur eure Zeit. Bestellt eurem König, wegen mir kann er vor die Hunde gehen. Mit dem bin ich fertig! Er hat mich betrogen und beleidigt, und so ist es nicht mehr als recht, daß er nun für seinen Hochmut bestraft wird.«

Doch dann, als seine Weigerung zu kämpfen schon viel zu lange währte, geschah etwas, das Achills Blutdurst erneut weckte. Hektor, der stärkste und tapferste Sohn des Priamos, tötete Patroklos, Achills liebsten Freund und Gefährten zahlreicher Schlachten, und so erwuchs dem Peliden ein neues Objekt, auf das er seinen berühmten Zorn richten konnte. Hinzu kam noch, daß Hektor nach dem Zweikampf den toten Patroklos seiner Waffen beraubt hatte, eben jener, die Achill von seinem Vater erhalten und die er unglücklicherweise an seinen Freund ausgeliehen hatte.

Als man Achill die Nachricht überbrachte, wurde der Held von einem unaufhörlichen Weinkrampf geschüttelt. Hier nun die wunderschönen Verse, mit denen uns Homer den Schmerz des Peliden beschreibt:

Siehe, mit beiden Händen des schwärzlichen Staubes ergreifend,
Überstreut' er sein Haupt und entstellte sein liebliches Antlitz;
Auch das ambrosische Kleid umhaftete dunkele Asche.
Aber er selber, groß, weithingestreckt, in dem Staube Lag, und entstellte raufend mit eigenen Händen das Haupthaar.
(ebda., XVIII, 22ff.)

Nach dem Weinen, Schluchzen und Toben überkam Achill eine unheimliche Ruhe, vermischt mit einer unendlichen Lust auf Rache. Er mußte diesen Hektor töten und seinen Leib in Stücke schlagen. Er mußte ihn zerquetschen wie eine Laus und dann sein noch warmes Blut trinken. Und von diesen Gefühlen überwältigt, vergaß er sogar seinen Groll gegen Agamemnon, ging auf ihn zu und sagte:

»Atreus' Sohn, ja, dieses war jüngst schon beiden erwünschter,

Dir und mir selber zugleich, als wir, unmutiger Seele,
Mit herzkränkendem Zank uns ereiferten wegen des
Mägdleins!
Hätte doch an den Schiffen der Artemis Pfeil sie
getötet
Jenes Tags, da ich selbst sie erkor aus der Beute
Lyrnessos',
Ehe so viel Achaier den Staub mit den Zähnen
gebissen
Unter der Freunde Gewalt, da ich im Zorne beharrte.
([...])
Aber vergangen sei das Vergangene, wie es auch
kränkte;
Dennoch das Herz im Busen bezähmen wir auch mit
Gewalt uns.
Meinen Zorn nun hab ich besänftigt; denn mir
gebührt nicht,
Rastlos zu eifern voll Unmuts. Auf denn, sogleich nun
Angefacht zum Gefechte die hauptumlockten
Achaier.
(ebda., XIX, 55 ff.)

Etwas deutlicher hätte er auch sagen können: »O Sohn des Atreus, was vorbei ist, ist vorbei. Was soll das Gezänk? Laß uns den ganzen Mist einfach vergessen.« Jedenfalls legt Achill nun wieder die Waffen an, die Thetis ihm eigens von Hephaistos hatte fertigen lassen, trieb die Pferde an und stürzte sich ins Schlachtgetümmel, auf der Suche nach Hektor, dem verhaßten Feind.

In diesem Kapitel über Achill dürfen einige Bemerkungen zu seiner berühmten Ferse nicht fehlen. Was hatte es damit auf sich? Nun, ganz einfach: Als er geboren wurde, wünschte sich seine Mama Thetis, daß er ebenso wie sie unsterblich sein möge. Doch der Vater, Peleus, war nun mal, wie wir wissen, ein Sterblicher, und damit auch Achill. Um ihn wenigstens unverwundbar zu machen, badete ihn die Mutter in den Wassern des Flusses Styx. Als sie ihn kopfüber ins Wasser tauchte, hielt sie ihn jedoch leider an der Ferse fest, wodurch dieser Teil seines Körpers als einziger verwundbar blieb. Daher die Bezeichnung »Achillesferse« für den wunden Punkt eines Menschen.

VI

Die Atriden

Die Geburt der Atriden steht unter keinem guten Stern: Schon vom ersten Wimmern an schwebt über ihren Häuptern ein Fluch, der sie das ganze Leben über verfolgt. Das beginnt mit Tantalos, dem Urvater der Sippe, setzt sich fort mit Thyestes, Atreus, Agamemnon, Menelaos und endet mit Aigisthos, der Agamemnon umbringt, und Orestes, der Aigisthos kaltmacht. Spezialität des Hauses: den jüngsten Nachwuchs den Gästen zum Essen vorsetzen.

Tantalos war ganz wild darauf, die Götter persönlich kennenzulernen. Eines Tages kletterte er zu ihnen in den Olymp hinauf, und anstatt in die Tiefe hinabgestürzt zu werden, wie er es verdient gehabt hätte, wurde er sogar zum Abendessen eingeladen. Zu den weiteren Vorgängen existieren verschiedene Versionen. Manche behaupten, er habe nun Nektar, Ambrosia und das Tafelsilber mitgehen lassen. Andere sind der Meinung, wieder nach Hause zurückgekehrt, habe er Geheimnisse der Götter ausgeplaudert. Und wieder andere wollen wissen, er habe die Götter angefleht, ihm einen Gegenbesuch abzustatten. Die Götter waren nicht abgeneigt, doch als es dann soweit war, erschienen sie in so großer Zahl, daß das Essen nicht ausreichte. Und um die Götter nicht auf Diät zu setzen, verfiel der gute Tantalos auf die Idee, seinen jüngsten Sohn Pelops zu kochen und als Geschnetzeltes auf den Tisch zu bringen. Die Götter merkten sogleich, was da gespielt wurde (bis auf Demeter, die zerstreut an einer Schulter des Jungen knabberte), und waren verständlicherweise empört. Als erstes setzten sie das Geschnetzelte von den Tellern wieder zusammen und riefen auf diese Weise Pelops ins Leben zurück. (Pelops bekam später übrigens von Hephaistos eine schöne Elfenbeinschulter gefertigt und brachte es noch zum Gründer der Peleponnes.) Sein Vater Tantalos aber wurde dazu verurteilt, bis in alle Ewigkeit Hunger und Durst zu leiden. Das heißt, er wurde an einen mit Früchten überladenen Baum gefesselt, der in der Mitte eines Sees stand. Wenn er jedoch in einen Apfel beißen oder einen Schluck trinken wollte, wichen Wasser oder Obst sofort zurück.

Pelops hatte drei Söhne, Atreus, Thyestes und Chrysippos, erstere mit der Königin Hippodameia und letzteren mit irgendeiner Nymphe. Chrysippos wurde noch in der Wiege getötet, und zwar von seinen Stiefbrüdern Atreus und Thyestes, die dem Säugling noch nicht einmal Zeit gaben, Mama zu schreien. Nur noch zu zweit, bekämpften sich die beiden Brüder in einem fort und stellten die unglaublichsten Sachen an, deren Auflistung allein schon dieses Buch füllen würde.

So ging Thyestes zum Beispiel mit Aërope, der Gattin seines Bruders, ins Bett, und später dann auch mit seiner eigenen Tochter Pelopeia, mit der er Aigisthos zeugte, auch »der Rächer« genannt. Mit Hilfe von Aërope raubte Thyestes seinem Bruder Atreus auch ein wertvolles Widderfell, das »Goldene Vlies«, um dann den Einwohnern Mykenes vorzuschlagen, den Besitzer des Fells zu ihrem König zu wählen. Atreus, überzeugt, daß das »Goldene Vlies« im eigenen Tresor liege, nahm die Herausforderung an und hatte das Nachsehen. Später rächte er sich aber mit seltener Grausamkeit für diese Hinterlist: Zunächst einmal vergewaltigte er Pelopeia, die Tochter-Gattin von Thyestes, lud dann den Bruder zu einem Versöhnungsessen ein, bei dem er ihm die drei Kinder, die dieser mit seiner ersten Frau hatte, als Gulasch servierte, und zeigte ihm dann, direkt nach dem Essen, die Köpfe seiner hingemetzelten Kinder.

Dem Leser, der uns bis hierher folgen konnte, wird nicht entgangen sein, daß Thyestes gleichzeitig Großvater, Onkel und Vater von Aigisthos war, ziemlich ungewöhnlich, sogar zu jenen Zeiten.

Doch kommen wir nun auf die Söhne von Atreus, Agamemnon und Menelaos also, zu sprechen.

Was Agamemnon betrifft, ist aus den hier bereits erzählten Episoden, also der Opferung Iphigenies und dem Streit um die Gefangene Briseïs, klargeworden, daß er im wahrsten Sinne des Wortes ein *Camorrista* war. Ein Machtmensch, würdiger Sohn seines Vaters Atreus, der alles an sich raffte, was in seine Reichweite kam.

Von ganz anderem Schrot und Korn war dagegen Menelaos. Wäre da nicht der Raub seiner Gattin Helena gewesen, wäre es ihm im Traum nicht eingefallen, Krieg gegen die Trojaner zu führen. Im Gegensatz zu seinem Bruder war er nämlich ein eher sanftmütiger Familienmensch, vielleicht sogar ein wenig schüchtern im Umgang mit seinen Mitmenschen, kurz und gut, der klassische Typ Mann, den Frauen sich als Gatten wünschen: reich, gut aussehend mit einem weichen Bart, blonden Haaren und blauen Augen. Und zu allem Überfluß war er auch noch treu (eine unter den damaligen Königen nicht sehr verbreitete Eigenschaft), ja sogar leidenschaftlich verliebt in seine Gemahlin, die ihm zwei Kinder geboren hatte: eine Tochter, Hermione, und einen Sohn, Pleisthenes.

Helena konnte sich also glücklich schätzen, mit einem solchen Mann verheiratet zu sein. Doch da nun mal, wie auch Vergil betont, *varium et mutabile semper femina est*, nahm sie sich bei der erstbesten Gelegenheit einen Liebhaber. Allerdings müssen wir Menelaos zumindest auch eine Mitschuld an der Sache geben, denn schließlich war er so naiv gewesen, sie bei Paris' Besuch ganz allein mit dem Gast im Palast zurückzulassen. Auch Euripides tadelt ihn durch den Mund von Peleus wegen dieser Torheit:

»Denn dir das Bette ward von phrygischem Mann entführt,
Da unverschlossen, unbewacht du Haus und Herd
Verließt, als sei die Gattin dir im Hause keusch,
Die allerschlechteste. Könnt ein Spartanermädchen doch,
Selbst wenn sie wollte, gar nicht wachsen keusch heran,

Die mit den jungen Knaben aus den Häusern ziehn,
Mit nackten Schenkeln und mit aufgeschürztem
Kleid
Gemeinsam Lauf und Ringkampf pflegen, wie es mir
Ganz unerträglich. Wunder nehmen soll es dann,
Daß keine keuschen Weiber je heran ihr zieht?
Man müßte Helena dies fragen, die dein Haus
Verließ, im Dienst des Freundschaftsgottes schwärmte
aus
Mit einem jungen Manne in ein fremdes Land.
(vgl. Euripides, *Andromache*, 590 ff.)

Natürlich ist man nachher immer klüger. Und außerdem hatte der arme Menelaos Sparta nicht wegen irgendeiner Schrulle verlassen. Nein, er war zur Beisetzung eines engen Verbündeten, König Katreus, nach Kreta gereist. Und es geschah eben während der Feierlichkeiten, daß Iris, die Götterbotin, ihn über die Missetat in Kenntnis setzte:

»O ruhmreicher Menelaos«, sprach sie ihn an, »meine Herrin Hera sendet mich zu dir, um dir eine Kunde zu überbringen, die der Trauer um deinen verblichenen Freund weiteren Schmerz hinzufügen wird.«

»Edle Iris«, antwortete Menelaos ungeduldig, »spann mich nicht mit langen Vorreden auf die Folter. Was ist geschehen? Geschah ein Unglück in meinem Haus? Stieß meiner Gemahlin ein Leid zu?«

»Für deine Gemahlin Helena mag es vielleicht kein Leid sein«, antwortete Iris, »ganz sicher aber für dich. Paris, Priamos' Sohn, hat sie verführt und ist mit ihr geflohen!«

70

Im ersten Moment war Menelaos vor Schmerz und Scham wie gelähmt. Als er sich dann ein wenig gefaßt hatte, brach er sogleich nach Mykene auf, um seinen Bruder um Hilfe zu bitten.

»O Agamemnon«, sagte er mit Tränen in den Augen, »die Schmach, die mir dieser Trojaner zufügte, darf nicht ungesühnt bleiben. Wenn wir jetzt nichts unternehmen, wird uns ganz Griechenland verhöhnen. Und außerdem will ich meine Helena zurückhaben. Erinnerst du dich des Eides, den alle ihre Freier vor rund zehn Jahren schworen? Des heiligen Versprechens also, die Ehre der Braut stets zu verteidigen, egal, wen sie sich zum Gatten erwählen möge?«

»Natürlich erinnere ich mich. Genau daran habe ich gerade gedacht«, antwortete Agamemnon rasch, während er sich schon ausrechnete, welche Vorteile er aus der Tatsache, daß man seinem Bruder Hörner aufgesetzt hatte, würde ziehen können.

»Nun denn«, rief Menelaos aus, »jetzt ist der Moment gekommen, das Versprechen einzulösen!«

»Einverstanden, doch wir sollten nichts überstürzen. Ich selbst werde die griechischen Fürsten verständigen und sie dazu auffordern, eine mächtige Flotte zusammenzustellen. Doch zunächst solltest du dich zu Priamos nach Troja begeben. Vielleicht läßt sich die Sache ja noch gütlich aus der Welt schaffen.«

So machte sich also Menelaos auf den Weg nach Troja. Doch die Verhandlungen verliefen erfolglos, und es kam zum Krieg. Zu einer Auseinandersetzung, die man angesichts der Tatsache, daß die gesamte zivilisierte Welt jener Epoche davon berührt war, mit Fug und Recht als ersten Weltkrieg der Geschichte bezeichnen kann.

Menelaos beteiligte sich mit sechzig bestens gerüsteten Schiffen, und auf dem Schlachtfeld zeichnete er sich stets als einer der tapfersten Krieger aus. Als Hektor Patroklos tötete, war er es, der dessen Leichnam gegen die anstürmenden Trojaner schützte. Bei dieser Gelegenheit flößte ihm die Göttin Athene mit einer kurzen, aber aufrüttelnden Ansprache den nötigen Mut ein:

»Dir wird's, o Menelaos, zur Schmach und ewiger Schande
Immer sein, wenn um den treuen Gefährten des edlen Achilleus
Unter der troischen Mauer die schnellen Hunde sich reißen.
Auf denn, heran mit Gewalt, und ermuntere jeglichen Streiter!
(Homer, *Ilias*, XVII, 556 ff.)

Und während Menelaos lauschte, half sie selbst noch ein wenig nach:

Athene stärkt' ihm die Schultern mit Kraft und die strebenden Knie,
Und in das Herz ihm gab sie der Flieg' unerschrockene Kühnheit,
Welche, wie oft sie immer vom menschlichen Leibe gescheucht wird,
Doch anhaltend ihn sticht, nach Menschenblute sich sehnend:

So ausharrender Trotz erfüllt' ihm das finstere Herz nun.
Schnell zu Patroklos eilt' er und schwang die blinkende Lanze.
Unter den Troern war ein Sohn des Eëtion, Podes,
Reich an Hab und edel; ([...])
Diesen am Gurt nun traf der bräunliche Held Menelaos,
Als er zur Flucht sich gewendet, und ganz durchbohrte das Erz ihn.
(ebda., XVII, 567 ff.)

Für Menelaos war der große Moment gekommen, als er gegen Paris, den Urheber all seiner Pein, im Zweikampf antrat. Menelaos verdrosch ihn nach allen Regeln der Kunst und hätte ihn sicher auch getötet, wäre Aphrodite nicht dazwischengegangen, indem sie ihren Schützling Paris in eine goldene Wolke einhüllte, die ihn allen Blicken entzog.

Die Verzweiflung über den Verlust von Helena gab Menelaos übermenschliche Kraft. Daß er in der Zwischenzeit mit Sklavinnen schon weitere zwei Kinder gezeugt hatte, sollte uns nicht zu der Ansicht verleiten, er habe Helena vielleicht schon vergessen. Ganz im Gegenteil. Er ging sogar soweit, einen dieser Söhne Megapenthes (»Großer Schmerz«) zu nennen, eben um allen zu zeigen, daß er seine erste Gattin noch nicht aus seinem Herzen verbannt hatte.

Selbst nach Paris' Tod durch die Hand von Philoktet im zehnten Kriegsjahr bekam Menelaos seine Helena nicht zurück. Es gab da nämlich schon wieder einen

neuen Anwärter auf die schöne Dame, nämlich den Trojaner Deïphobos. Ihre Vermählung mit ihm war der
klassische Tropfen, der das Faß endgültig zum Überlau-
fen brachte. Hatte Menelaos sie bis zu diesem Tag noch
heiß und innig geliebt, so haßte er sie nun mit der gleichen Leidenschaft. Nachdem Troja gefallen war, ließ
er sich von Odysseus zum Haus ihres neuen Gatten
begleiten. Kaum hatte er Deïphobos ausgemacht...

*... schnitt er ihm zunächst die Ohren ab, dann die
Arme und die Nase, und erst nachdem er all seine Glieder auf schändlichste Weise verstümmelt hatte, gab er
ihm endlich den Gnadenstoß.*
(vgl. Diktys von Knossos, *Bellum Troianum*, V, 12)

Dann stürzte er sich mit dem blutgetränkten Schwert
auf Helena, darauf brennend, sie für all ihre Missetaten
zu bestrafen. Sie versuchte, sich seinem Griff zu ent-
winden, und dabei rutschte ihr das Gewand von den
Schultern und enthüllte ihren weißen Busen. Menelaos
war wie vom Donner gerührt. Er warf die Waffen fort,
nahm Helena ganz fest in die Arme und stöhnte, während er ihren Hals mit Küssen bedeckte:
   »O Helena, Helena, du meine große Liebe!«

VII

Diomedes

Diomedes war ein enger Kampfgefährte von Odysseus, und wenn es irgendwo zur Sache ging, traten die beiden immer gemeinsam auf. Auch Diomedes nahm als Ex-Anwärter auf Helenas Hand am Trojanischen Krieg teil, und er soll tatsächlich so in sie verliebt gewesen sein, daß er ihren »Raub« als persönlichen Affront betrachtete.

Er war ein Sohn der Deïpyle und des blutrünstigen Tydeus, eines der »Sieben gegen Theben«, und aller Wahrscheinlichkeit nach hatte er vom Vater auch den aufbrausenden Charakter geerbt, für den er in der ganzen antiken Welt berühmt war. Natürlich waren die anderen Helden auch keine Schmusekätzchen, aber Diomedes' Erscheinen auf dem Schlachtfeld allein genügte, um unter den Feinden Angst und Schrecken zu verbreiten.

Doch er hatte auch noch andere Talente. So schätzte Agamemnon ihn zum Beispiel als einen der besten Redner des achäischen Heeres und ließ ihn an allen »Gipfeltreffen« mit anderen Königen teilnehmen. Als Athlet tat sich Diomedes besonders im Mittelstreckenlauf hervor. So gewann der die Achthundertmeter bei den Leichenspielen, die Patroklos zu Ehren abgehalten wurden. Und was den Heldenmut betrifft, konnte ihm vielleicht nur Achill noch etwas vormachen. Nicht zufällig erlegte Diomedes vor den Mauern Trojas auch mehr Feinde als irgendein anderer Held.

Diomedes und Odysseus waren ein wenig wie das Fernseh-Duo Starsky und Hutch, ein unzertrennliches Paar auf der ständigen Suche nach Abenteuern. So finden wir die beiden bei zahlreichen Unternehmungen, bei denen sowohl Mut als auch eine flinke Zunge gefragt waren. Nach Achills Tod waren sie es, die Neoptolemos, den zwölfjährigen Sohn des Helden, herbeiholten, um die Moral der kämpfenden Truppe zu stärken. Und sie waren es auch, die sich nach Lemnos begaben, um den »stinkenden« Philoktet zur Teilnahme am Kampf zu bewegen.

Zur Erinnerung: Dieser Philoktet war ein griechischer Fürst, den auf der Anreise nach Troja noch vor dem Beginn der Kampfhandlungen eine Schlange gebissen hatte. Die Wunde entzündete sich und begann allmählich so zu stinken, daß man den Unglücklichen auf Agamemnons Befehl auf der nächstbesten Insel aussetzte. Doch Philoktet war nicht nur ein phantastischer Krieger (nicht zufällig sollte er später, nach seiner Heilung, Paris töten), sondern auch der Hüter der kostbaren Waffen des Herakles, ohne die die Griechen den Krieg unmöglich gewinnen konnten. Und so hatte Philoktets Rückkehr in die Reihen der Griechen, so betonten alle Seher unablässig, eine fundamentale Bedeutung für den Sieg gegen Troja.

Diomedes war es auch, der mit Odysseus' Hilfe den Trojanern das Palladion raubte, als jenes Kultbild der Pallas Athene, das im Tempel der Göttin mitten in der feindlichen Stadt aufbewahrt wurde. Solange es sich in Troja befinde, so hatte der Seher Helenos geweissagt, könne die Stadt unmöglich eingenommen werden. Aus diesem Grund setzte Agamemnon eine immense Belohnung für denjenigen aus, der ihm das Palladion bringe. Man kann allerdings nicht behaupten, daß sich die beiden Helden bei diesen Unternehmen wirklich heldenhaft benahmen. Das begann schon auf dem Hinweg, als sie die Stadtmauer überkletterten. Diomedes schwang sich als erster hinauf und stieg dazu auf Odysseus' Schultern. Doch als Diomedes dann selbst daran war, Odysseus hinauf zu helfen, weigerte er sich. Auf dem Rückweg wollte Odysseus dann, um allein zurückzukehren und so die gesamte Belohnung zu kassieren, den Gefährten von hinten erstechen. Im letzten Moment bemerkte Diomedes aber durch den Widerschein des Mondes, der an jenem Abend besonders hell schien, den Schatten des den Dolch hebenden »Freundes« auf dem Boden. Es kam zu einer wüsten Rauferei, die damit endete, daß Diomedes Odysseus mit Fußtritten vor sich her zurück ins Lager beförderte. Um das Maß voll zu machen, stellte sich dann noch heraus, daß sie ein falsches Palladion geraubt hatten. Das echte hatten die Trojaner nämlich, eben um einen Diebstahl zu verhindern, zuvor in Sicherheit gebracht.

Kurzum, ebenso wie viele andere legendäre Helden taten sich auch Odysseus und Diomedes bei Aktionen hervor, die alles andere als ritterlich waren. Verständlicherweise, denn Ritterlichkeit war damals noch vollkommen unbekannt, weil sie nämlich erst im Mittelalter erfunden wurde. Deshalb scherte sich bei blutigen Zweikämpfen auch keiner um solch edle Werte wie Loyalität, Ehre oder *pietas*. Ganz im Gegenteil waren Heimtücke und Gnadenlosigkeit die übliche Praxis. So als Odysseus und Diomedes den Trojaner Dolon ermordeten, obwohl sie ihm im Tausch gegen einige Informationen das Leben versprochen hatten. Oder als sie Iphigenie an den Haaren zum Opferaltar schleiften, nur um zu erreichen, daß ein wenig Wind aufkam.

Hier drängt sich nun eine Frage auf: Wieso kamen die beiden eigentlich bei all ihren Missetaten immer wieder ungeschoren davon? Nun, sowohl Odysseus als auch Diomedes genossen Protektion von den höchsten Stellen, und in besonderem Maße wurden sie von Athene gesponsert. An Diomedes hatte die Göttin einfach einen Narren gefressen, er war ihr absoluter Lieblingsheld, und sie schämte sich auch nicht, dies offen zuzugeben. So räumte sie ihm eines Tages sogar das in der Schlacht besonders nützliche Privileg ein, die als Krieger verkleideten Götter zu erkennen. Das entnehmen wir der *Ilias*, wo Athene zu ihrem Günstling sagt:

>*Kehre getrost, Diomedes, zum mutigen Kampf mit den Troern;*
>*Denn dir goß ich ins Herz die Kraft und die Stärke des Vaters,*
>*Unverzagt, wie sie trug der geschildete reisige Tydeus.*
>*Auch das Dunkel entnahm ich den Augen dir, welches sie deckte,*

Daß du wohl erkennest den Gott und den sterblichen
Menschen.
Drum, so etwa ein Gott herannaht, dich zu
versuchen,
Hüte dich, seligen Göttern im Kampf entgegenzu-
wandeln,
Allen sonst; doch käme die Tochter Zeus' Aphrodite
Her in dem Streit, die magst du mit spitzigem Erze
verwunden.«
(Homer, *Ilias*, V, 124 ff.)

Das ließ sich Diomedes nicht zweimal sagen. Kaum hatte er Aphrodite ausgemacht, da stürzte er sich schon auf sie und durchbohrte ihr mit der Lanze das Handgelenk.

»Was fällt dir ein, du widerlicher Rohling!« schrie die Göttin der Liebe. »Na warte, ich werde dich lehren, was es heißt, sich mit einer Frau anzulegen!«

Dennoch ergriff sie erschrocken die Flucht, und während sie von dannen stürmte, hörte sie Diomedes' Stimme hinter sich:

»Weiche zurück, Zeus' Tochter, aus Männerkampf
und Entscheidung!
Nicht genug, daß du Weiber von schwachem Sinne
verleitest?
Wo du hinfort in den Krieg dich einmengst, wahrlich,
ich meine,
Schaudern sollst du vor Krieg, wenn du fern nur
nennen ihn hörest!«
(ebda., V, 348 ff.)

Unterstützt von seiner Schutzgöttin Athene ging Diomedes sogar noch einen Schritt weiter: Er wagte es, Ares, den Kriegsgott persönlich, anzugreifen! Der Sohn des Zeus, mit voller Gewalt im Unterleib getroffen, stieß einen solch markerschütternden Schrei aus, daß alle Anwesenden glaubten, es hätten neun- oder zehntausend Soldaten gleichzeitig geschrien.

Rings nun erbebte das Volk der Troer umher und Achaier,
Voll von Angst; so brüllte der rastlos wütende Ares.
(ebda., V, 862 – 863)

Um diese unerhörten Kränkungen zu rächen, verleitete Aphrodite später Diomedes' Gemahlin Aigialea dazu, ihn mit einem Mann zu betrügen, der noch stärker war als er. Und so kam es, daß Diomedes, als er aus dem Krieg nach Argos zurückkehrte, seine Gattin mit einem Kerl im Bett erwischte, einem gewissen Kometes, der ihm an Schönheit, Jugendlichkeit und Verschlagenheit noch einiges voraus hatte. Diomedes zog den kürzeren und mußte aus seinem Königreich fliehen. Mit einigen weiteren Kriegsveteranen wich er auf die Tremitischen Inseln vor Apulien aus und gründete hier eine Kolonie. Als er starb, bat seine Schutzgöttin Athene den Göttervater, ihn in den Kreis der Unsterblichen aufzunehmen. Und um dem Akt einen würdigen Rahmen zu geben, wurden seine Gefährten in sanfte, tugendhafte Vögel verwandelt, die noch immer auf diesen Inseln nisten.

VIII

Nestor

In fast allen Abenteuer- und Kriegsgeschichten gibt es einen alten weisen Mann, der die tatendurstige, ungestüme Jugend mit guten Ratschlägen zur Besonnenheit mahnt. Im Trojanischen Krieg erfüllt Nestor diese Aufgabe, der König von Pylos und Sohn von Neleus und Chloris.

Seine Mutter Chloris war das einzige Kind Niobes, das den Pfeilen von Apollon und Artemis entgangen war. Für alle, die sich im Moment nicht an dieses berüchtigte Massaker erinnern: Niobe war jene Königin, die sich unvorsichtigerweise eines Tages vor der Göttin Leto damit brüstete, mehr Kinder als diese zur Welt gebracht zu haben. Das hätte sie nicht tun sollen. Denn Letos Kinder, Apollon und Artemis, waren darüber so empört, daß sie alle Nachkommen Niobes töteten. Zwölf an der Zahl. Allein Chloris, die dreizehnte, überlebte das Gemetzel, weil sie unter den leblosen Körpern ihrer Brüder und Schwestern lag.

Doch auch der überlebenden Chloris war kein glückliches Leben beschieden: Sie heiratete Neleus und zeugte mit ihm dreizehn Kinder, unter ihnen ...

... eine Tochter namens Pero, nebst mehreren Söhnen,
Taurus, Asterius, Pylaon, Deïmachus, Eyribius, Epid-
aus, Rhadius, Eurymenes, Evagoras, Periclymenus und
Nestor.

(vgl. Apollodor, *Mythologische Bibliothek*, I, 9,9)

Sei es nun wegen der traditionellen Unglückszahl Dreizehn oder aber weil die Götter und Helden zu jener
Zeit so nachtragend waren, jedenfalls ereilte Neleus
und Chloris ein erneuter Schicksalsschlag. Der Ober-
schurke Herakles überfiel die Stadt Pylos, steckte sie
in Brand und metzelte vor den Augen der armen Chloris all ihre Söhne nieder. Doch auch diesmal gab es
einen Überlebenden, und das war Nestor, der jüngste,
der sich zufällig gerade in Gerania befand.

Es wird erzählt, Nestor sei in seiner Jugend ein guter
Sportler gewesen. Und vor Troja erinnert er sich während der Leichenspiele zu Ehren von Patroklos wehmü-
tig an seine Glanzzeiten.

»Wär ich so jugendlich noch und ungeschwächten
Vermögens
Wie in Buprasion einst am Leichenfest Amarynkeus'
Als Kampfpreise gesetzt des epeiischen Königs
Kinder!
Dort war mir nicht einer an Kraft gleich, nicht der
Epeier,
Noch der Pylier selbst, noch auch der erhabnen
Aitoler.
Denn mit der Faust besiegte ich des Enops Sohn
Klytomedes,

Ringend drauf Ankaios von Pleuron, welcher mir
aufstand;
Eilte dann vorüber dem fertigen Läufer Iphiklos,
Schloß dann ab mit dem Speere den Phyleus, samt
Polydoros.«
(Homer, *Ilias*, XXIII, 629 ff.)

Was war eigentlich das Geheimnis für Nestor langes Leben? Nun, man kann wohl davon ausgehen, daß es sich dabei um eine Art Wiedergutmachung von seiten Apollons handelte, dem klargeworden sein mußte, daß er mit der armen Niobe etwas zu hart umgesprungen war.

Der Gott gestattete es Nestor, all die Jahre zu leben, die
er den Geschwistern der Chloris genommen hatte.
(vgl. Hyginus, *Fabulae*, 10)

Rechnet man da anhand der Lebensdaten der diversen Onkel und Tanten genauer nach, kommt man tatsächlich auf dreihundert Jahre. Und Nestor war sicher zweihundertdreißig, als Helena von Paris geraubt wurde. Dennoch war er keineswegs vergreist, denn alle griechischen Fürsten legten auf sein Urteil größten Wert. So hielt es auch Menelaos vor Kriegsausbruch für seine Pflicht, Nestor aufzusuchen und sich von ihm beraten zu lassen.

»O Nestor, du weisester aller Sterblichen, sag mir, was soll ich armer betrogener Ehemann tun?«

»Du mußt alle griechischen Herrscher zusammenrufen«, erklärte Nestor, »damit ein jeder nach seinen Möglichkeiten seinen Beitrag zu der Sache leiste. Unter ihnen muß vor allem Achill sein, der stärkste aller Sterblichen, auch wenn sich seine Mutter Thetis dem mit Macht entgegenstellen wird. Denn niemand kennt besser als sie das traurige Schicksal, das dem Helden vorherbestimmt ist.«

»Eben, und wer soll sie dazu bringen, ihre Meinung zu ändern?« fragte Menelaos niedergeschlagen.

»Sei ganz beruhigt, das erledige ich schon«, erwiderte der Greis. »Und ich werde auch die anderen griechischen Fürsten aufsuchen. Ich bin sicher, alle werden das einmal gegebene Versprechen halten.«

Ohne zu zögern, machte sich der jahrhundertealte rüstige Mann auf, ganz Griechenland zu bereisen, und akquirierte mit Erfolg Menschen und Material. Er selbst nahm mit neunzig gut ausgerüsteten Schiffen am Kriegszug teil, begleitet von seinen beiden Lieblingssöhnen Antilochos und Thrasymedes, die beide tüchtige Krieger waren. Der arme Antilochos starb dann vor Troja, als er seinem Vater das Leben rettete. Dazu muß man wissen, daß sich Nestor hin und wieder selbst ins Kampfgeschehen einmischte. Auf einem von pfeilschnellen Pferden gezogenen Karren brauste er über das Schlachtfeld und sammelte Tote und Verletzte ein. In gewissem Sinne war er das griechische Rote Kreuz jener Epoche.

Eben auf solch einer humanitären Mission wurde Nestor von dem dunkelhäutigen Helden Memnon angegriffen. Der hatte mit der Lanze schon ausgeholt, als Antilochos sich dazwischenwarf und den Vater mit seinem Körper deckte.

Der Oberbefehlshaber Agamemnon wollte Nestor

84

während der zehnjährigen Belagerung immer an seiner Seite haben, auch wenn er dann, dickköpfig wie
er war, oft genug dessen Rat in den Wind schlug. Wie
zum Beispiel in der Auseinandersetzung mit Achill um
die schöne Briseïs.

([...]) Jetzo erhob sich
Nestor mit holdem Gespräch, der tönende Redner von
Pylos,
Dem von der Zung' ein Laut wie des Honigs Süße
daherfloß:
([...])
»Wehe, wie großes Leid dem achaiischen Lande
herannaht!
Ach, wohl freun wird sich Priamos und des Priamos'
Söhne,
Auch das Volk der Troer wird hoch frohlocken im
Herzen,
Wenn sie das alles gehört, wie ihr durch Zank euch
ereifert,
Ihr, die ersten Achaier im Rat und die ersten im
Kampfe.
([...])
Weder du, Agamemnon, wie mächtig du seist, nimm
jenem das Mägdlein,
Sondern laß, was ihm einmal zum Dank verliehn die
Achaier;
Noch auch du, o Peleid', erhebe dich wider den König
So voll Trotz; denn es ward nie gleicher Ehre ja
teilhaft
Ein von Zeus gerühmter, das Zepter tragender König.

Wenn du ein Stärkerer bist und Sohn der göttlichen Mutter,

Ist er mächtiger doch, weil mehrerem Volk er gebietet.

Atreus' Sohn, laß fahren den Zorn; und ich selbst will Achilleus

Anflehn, auch sein Herz zu besänftigen, ihn, der die große

Schutzwehr ist dem achaiischen Volk im verderbenden Kriege.«

(Homer, *Ilias*, I, 247ff.)

Doch alles vergebene Liebesmüh: Als Nestor zu Ende gesprochen hatte, ergriff Agamemnon Briseïs' Hand und nahm sie einfach mit in sein Zelt. Mit dem bekannten Ergebnis.

Übrigens ließ auch Nestor sich einmal eine junge Sklavin als Kriegsbeute zuteilen: ein fabelhaftes Mädchen namens Hekamede. Was er in seinem fortgeschrittenen Alter mit ihr anstellte, darüber schweigen sich die Chronisten aus.

Nach dem Fall Trojas war Nestor unter den wenigen Griechen, die ohne große Komplikationen wieder nach Hause gelangten. Er stach als erster in See und konnte schon bald darauf in Pylos seine Gattin wieder in die Arme schließen, mit der er dann glücklich mindestens weitere fünfzig Jährchen lebte.

IX

Aias der Telamonier

Nach übereinstimmenden Aussagen verschiedenster Autoren war Aias ein Riese. Aber was heißt das schon? Eines Tages wird sich noch herausstellen, daß er vielleicht einsachtzig groß war, denn zu jener Zeit gehörte nicht viel dazu, um wie ein Gigant zu wirken. Die Durchschnittsgröße lag kaum über einsfünfzig, und wer das Glück hatte, ein paar Zentimeter größer zu sein, vielleicht auch nur durch einen passenden Helm, löste überall Bewunderung aus. Daß Aias aber kein Zwerg war, steht wohl zweifelsfrei fest. Dazu liegt uns eine Zeugenaussage von Pausanias vor:

Von der Größe des Aias erzählte ein mysischer Mann, der sein Skelett gesehen, daß die Knochen an den Knien, die von den Ärzten Kniescheiben genannt werden, von der Größe einer Diskusscheibe gewesen seien, wie sie ein Knabe im Fünfkampf verwendet.
(vgl. Pausanias, *Beschreibung Griechenlands*, I, 35, 5)

Bei Aias' Geburt war übrigens auch der große Held Herakles zugegen. Man hatte ihn zum Mittagessen in Telamons Haus geladen, und als er dabei sah, daß die Gattin des Gastgebers, die sanfte Eriboia, schwanger war, ließ er sogleich einen Trinkspruch los:

> *»Wenn je meinem Wollen gerne du,*
> *O Vater Zeus, dein Ohr geliehen,*
> *Fleh' ich jetzt, ja jetzt mit dem frommsten Gebet:*
> *Laß für diesen Mann einen Knaben gar tapfer*
> *Eriboias Schoß vollenden.*
> *([...])*
> *Unvertilgbar soll sein Leib sein,*
> *wie, die mich jetzo umwallt, die Haut des Wildes,*
> *Das – die erste meiner Plagen –*
> *Einst zu Nemea ich schlug.*
> *Und Kühnheit sei ihm eigen.«*
> (Pindar, *Sechste Isthmische Ode*, 42 ff.)

Als Zeus dieses Gebet vernahm, zögerte er nicht lange und sandte sogleich einen Königsadler los, der lange über den Köpfen der Tischgenossen kreiste, bis Herakles plötzlich in Trance fiel und mit unnatürlich tiefer Stimme wieder zu sprechen anhob. Es waren aber nicht seine eigenen Worte, sondern die des Göttervaters persönlich, der durch ihn verkündete:

> *»Ja, dir wird der Sohn, den du ersehnst, Telamon,*
> *Und du sollst ihn Aias heißen*
>   *nach dem Gefittigten, der*
>   *uns erschienen. Stark wird und in*
> *Heißen Schlachten schrecklich vor andern er sein.«*
> (ebda., 55 ff.)

Kaum hatte Zeus geendet, da setzten bei Eriboia schon die Wehen ein. Gleich nach der Geburt nahm Herakles den Säugling und wickelte ihn in das Fell des nemeischen Löwen, in jenes wunderbare Kleidungsstück also, das unverwundbar machte. In der Hektik blieben dabei allerdings die Achselhöhlen des Kleinen ausgespart, die so zu den einzigen wunden Punkten des Großen Aias wurden. Mithin finden wir in der griechischen Mythologie nicht nur die berühmte Achilles-Ferse, sondern auch die weniger bekannten Aias-Achselhöhlen.

Doch Unverwundbarkeit hin oder her, jedenfalls entwickelte sich Aias in wenigen Jahren zu jenem Rambotypen, als den wir ihn alle kennen. Die gute Kinderstube kam da natürlich ein wenig zu kurz, und er war sicher nicht das, was man einen Gentleman nennt. Aber wer war das schon zu jener Zeit? Er hätte einfach einen Lehrer gebraucht, der ihm geduldig Manieren beibringt. Als er später nämlich verheiratet war, lautete die wenigen Male, da seine Gattin Tekmessa das Wort an ihn zu richten wagte, seine höflichste Antwort: »Halt den Mund, du Weib!« (Sophokles, *Aias*, 293).

Aias war ein Waffennarr: Sein Schild bestand aus sieben Lagen Rinderhäuten mit einer Bronzeplatte darüber und war so breit, daß er auch seinen Bruder Teukros mitbeschützte. Dazu erzählt Homer, der kleine Teukros, einer der gefürchtetsten Bogenschützen, habe sich im Kampf gewöhnlich hinter dem Schild des Großen Aias versteckt, um dann, den Überraschungsmoment ausnutzend, im passenden Moment hervorzuspringen und den Feind zu treffen.

Oft, daß Aias den Schild ihm hinwegschob, aber der
Held dort
Schaut' umher, und sobald sein Todesgeschoß im
Getümmel
Traf, dann taumelte jener dahin, sein Leben verhau-
chend;
Doch er eilte zurück, wie ein Kind an die Mutter sich
schmieged,
Nah an Aias gedrängt, der mit strahlendem Schild ihn
bedeckte.
(Homer, Ilias, VIII, 268 ff.)

Es versteht sich von selbst, daß die Trojaner Aias sowohl seiner Körpermaße als auch seines Mutes wegen
besonders fürchteten. Ja, sie betrachteten ihn sogar als
gefährlichsten Achäer nach Achill. Und Agamemnon
teilte diese Einschätzung, sonst hätte er ihm wohl kaum
das Kommando über die Hälfte des griechischen Heeres
übertragen. Doch wie so viele andere Helden auch erregte Aias mehr als einmal den Unmut der Götter, und
besonders Athene war nicht gut auf ihn zu sprechen.

Der Göttin gefiel es nicht, daß Aias bei manchen Ge-
legenheiten recht große Töne spuckte. So auch zehn
Jahre zuvor, als das griechische Heer nach Troja in See
stach. Damals hatte der alte Telamon seinem Sohn auf
dem Weg zum Schiff wie alle Väter der Welt noch ein
paar gute Ratschläge mit auf den Weg gegeben:

»Kind, du sollst viel Sieg begehren,
doch keinen ohne Gott!«
(vgl. Sophokles, *Aias*, 758 – 759)

Worauf Aias mit einem Schulterzucken antwortete:

»Mein Vater, mit den Göttern holt den Sieg,
Wer selbst nichts taugt, doch ich getraue mir,
Den höchsten Ruhm zu ernten ohne sie.«
(vgl. ebda., 760 – 763)

Bei anderer Gelegenheit soll er während eines Kampfes gegen ein paar Dutzend Trojaner die Göttin Athene sogar eben in dem Moment beleidigt haben, da sie ihm zu Hilfe kommen wollte. Lassen wir uns von Sophokles erzählen, was sich da zutrug:

Als Athene ihn antrieb, seine Hand zu röten mit dem
Blut
der Feinde, gab als Antwort er ihr ein ungeheures
Wort: »O
Herrin, steh den andern Griechen bei! Wo Aias steht,
da
bricht der Feind nicht durch!« So sprach er übers
Menschenmaß
und zog der Göttin schwerste Strafe auf sein Haupt.
(ebda., 765 ff.)

Athene war nun wirklich tödlich beleidigt, und so dachte sie sich für den Helden eine höllische Bestrafung aus: Sie würde ihn in den Selbstmord treiben. Da sie um seine besondere Leidenschaft für Waffen wußte, sorgte sie dafür, daß, als die Waffen des getöteten Achill zu verteilen waren, nicht er sie zugesprochen bekam, sondern Odysseus.

Nun muß man wissen, daß Achills Mutter Thetis befohlen hatte, die Waffen ihres Sohnes an den wertvollsten griechischen Krieger weiterzugeben, und um diesen zu bestimmen, führte man eine Meinungsumfrage unter den Soldaten durch. Am häufigsten genannt wurden Aias und Odysseus, und eine Jury, der alle achäischen Herrscher unter Agamemnons Vorsitz angehörten, sollte das endgültige Urteil sprechen.

Doch Athenes Zorn lenkte das Urteil, so daß die Waffen dem Aias verweigert und statt dessen dem Odysseus ausgehändigt wurden.
(vgl. Hyginus, *Fabulae*, 107)

Aias war natürlich stinksauer und kommentierte das Urteil folgendermaßen:

> *»Das eine aber scheint mir ganz gewiß:*
> *Wenn lebend seine Waffen noch Achill*
> *Vergeben hätte als den höchsten Preis,*
> *Kein andrer hätte sie errafft als ich.*
> *Nun taten die Atriden einem geriss'nen Schuft*
> *Den Willen, stießen diesen Mann hinweg.«*
> (Sophokles, *Aias*, 420 ff.)

Doch seine Proteste führten zu nichts, und als er sah, wie Odysseus mit selbstgefälliger Miene wieder und wieder die neue Rüstung anprobierte, drehte Aias völlig durch. Eine ganze Nacht lang wütete er in dem Glauben, die verhaßten Juroren vor sich zu haben, unter den Viehherden, die um das Lager herum weideten, und richtete ein entsetzliches Gemetzel an. In seinem besinnungslosen Blutrausch schlachtete er Schafe, Rinder, Ziegen und selbst einige Wachhunde ab. Einen schweren Hammel hielt er für den verhaßten Odysseus, band ihn an einen Baum und schlug ihn mit einem Knüppel tot.

Irgendwann ließ ihn Athene wieder zur Besinnung kommen, und so fand sich der traurige Held plötzlich völlig erschöpft inmitten hunderter hingemetzelter Tiere wieder. Er brauchte eine Weile, bis er begriff, was da geschehen war. Die Scham, die ihn dann überkam, war so stark, daß er keinen anderen Ausweg als den sofortigen Selbstmord mehr sah. In tiefster Verzweiflung lief er zu einer einsamen Bucht, pflanzte dort sein Schwert auf und ließ sich mit ausgebreiteten Armen hineinfallen, so daß die Spitze unter seiner verwundbaren Achselhöhle in den Körper eindrang.

Ovid erzählt, daß sich dann eine Art Wunder ereignete:

Vom Blut gerötet, ließ die Erde aus dem grünen Rasen eine Purpurblume emporsprießen, wie sie schon einmal entstanden war, als Hyacinthus verwundet wurde.
(Ovid, *Metamorphosen*, XIII, 394 ff.)

Und auf den Blättern dieser Blumen sollen die Buchstaben »Ai! Ai!« erschienen sein, die für »Aiax Aiakides« standen, also »Aias, aus dem Geschlecht des Aiakos«.

X

Aias der Lokrer

Vor Troja kämpfte noch ein zweiter Aias, der Kleine genannt, der, so als wolle er seine Zwergenstatur kom-
pensieren, noch ein gutes Stück grausamer als der Telamonier war.

Der Kleine Aias war ein Sohn von Oïleus und
stammte aus Lokris, einer griechischen Landschaft
nordöstlich von Böotien.

> *Aias führte die Lokrer, der schnelle Sohn des Oïleus,*
> *Kleiner, und nicht so groß wie der Telamonier*
> *Aias,*
> *Sondern geringer an Wuchs; doch, klein und im*
> *leinenen Harnisch,*
> *War er geübt mit der Lanze vor allem Volk der*
> *Achaier.*
> (Homer, *Ilias*, II, 527-530)

Sprachen wir beim Großen Aias von einer Art Rambo,
so drängt sich beim Lokrer der Fußballstar Maradona
als Vergleich geradezu auf. Dunkles, gelocktes Haar,
untersetzt, gerissen wie ein levantinischer Kaufmann

und von wilder Entschlossenheit bei jeder Aktion, sei sie nun kriegerischer oder amouröser Natur. Dank seiner kleinen Füße und seines tiefen Körperschwerpunkts konnte er sich so geschickt bewegen und vor allem so schnell laufen wie sonst nur Achill.

Doch schlug Aias die meisten, der rasche Sohn des Oïleus;
Denn ihm gleich war keiner im fliegenden Lauf, zu verfolgen
Zitternder Männer Gewühl, sobald Zeus Schrecken erregte.
(ebda., XIV, 520-533)

Er verstand sich auch sehr gut mit seinem Namensvetter, dem Telamonier, und so sah man die beiden häufig Seite an Seite kämpfen.

Aias wollte sich nie, der rasche Sohn des Oïleus,
Trennen auch nicht ein wenig, vom Telamonier Aias;
Sondern wie zwei Pflugstiere den starken Pflug durch ein Brachfeld,
Schwärzlich und gleich an Mute, daherziehn, und an den Stirnen
Ringsum häufiger Schweiß vorquillt um die ragenden Hörner;
Beide von einem Joch, dem geglätteten, wenig gesondert,
Gehn sie die Furche hinab, den Grund durchschneidend des Feldes:

So dort halfen sich beid' und wandelten dicht anein-
ander.
(ebda., XIII, 701 ff.)

Ebenso wie mit der physischen war es auch mit der mo-
ralischen Statur von Aias dem Lokrer nicht weit her.
Er war furchtbar eingebildet und fluchte und zeterte in
einem fort. Nun weiß man ja, daß eigentlich alle griechischen Helden in puncto gute Manieren viel zu wünschen offenließen, doch im Vergleich mit ihm schienen
die anderen geradezu die Erziehung eines Schweizer In-
ternats genossen zu haben.

Ständig versuchte Aias, den anderen die Show zu
stehlen. Noch im wildesten Schlachtgetümmel hatte
er immer eine gezähmte Schlange dabei, die ihm wie
ein Hündchen folgte. Er genoß es in vollen Zügen,
seine Feinde bestialisch zu foltern, und hatte einen Hei-
denspaß daran, Zwietracht im eigenen Lager zu säen.
Kurzum, er war ein gefährlicher Irrer.

So wirft ihm auch Idomeneus, der alte König von
Kreta, nicht ohne Grund vor:

»Aias, im Zank der erste, du Lästerer! Anderer
Tugend
Hast du wenig im Volk, denn du bist unfreundlichen
Herzens!«
(ebda., XXIII, 483-484)

Dieser ungehobelte Charakter kam Aias auf lange Sicht
aber teuer zu stehen. Während der Plünderung Trojas
war er gerade in den Tempel der Pallas Athene einge-

drungen, um die Kultgegenstände abzuräumen, als er Priamos' Lieblingstochter Kassandra bemerkte, die sich hinter einer Statue der Göttin versteckt hatte. Ohne lange darüber nachzudenken, wo er sich befand (immerhin an einem geweihten Ort), stürzte sich der Unselige in höchster Erregung auf die junge Priesterin. Schreiend und flehend klammerte sich Kassandra an die Statue der Göttin, und in dem sich daraus entwickelnden Handgemenge krachten alle zu Boden: Aias, Kassandra und die Statue. Manche erzählen, letztere habe entsetzt über die Schändung die Augen zum Himmel erhoben, und in dieser Stellung sei ihre Miene erstarrt.

Doch Aias wurde bei seiner Schandtat beobachtet, und als man daran ging, die Kriegsbeute aufzuteilen, und Kassandra Agamemnon zufiel, nutzte Odysseus die Gelegenheit, Aias den Lokrer zu denunzieren.

»Dieser Irre«, sagte er zu Agamemnon, »hat deine Beute vergewaltigt, und zwar in Athenes Tempel vor einer Statue der Göttin!«

»Das stimmt nicht«, protestierte der Beschuldigte. »Ihr kennt doch alle Odysseus, der lügt mal wieder.«

Agamemnon blickte ihn jedoch so skeptisch an, daß der Kleine Aias, den Ernst der Lage erkennend, in Athenes Tempel rannte, eine Hand auf den Altar der Göttin legte und hoch und heilig schwor:

»Athene soll meine Zeugin sein: Ich habe Kassandra kein Haar gekrümmt!«

Angesichts dieser geschickten Verteidigungsstrategie mußte Agamemnon ihm wohl oder übel glauben, was dem Lokrer die sofortige Steinigung ersparte, nicht aber die Rache der Göttin Athene.

»Dieser feige Lügner!« wetterte sie, außer sich vor
Zorn, »verflucht sei er und alle, die ihm Glauben schenken! Das ist also der Dank der Achäer nach allem, was
ich für sie getan habe! Aber so wahr ich Athene bin, sie
werden schon bald lernen, die Götter zu achten!«

Gesagt, getan. Sie begab sich auf der Stelle zum Mee-
resbeherrscher Poseidon, der von jeher schon mit der
Trojanischen Sache sympathisiert hatte. Wie die Unter-
haltung der Götterkollegen ablief, lassen wir uns von
Euripides erzählen.

ATHENE: *Ist anzureden mir erlaubt den großen Gott,*
  den Götter ehren, der des Vaters Nächster ist nach
  Stamm und Art – aufkündigend den alten Groll.
POSEIDON: *Es ist erlaubt. Unter Versippten ein*
  Gespräch
  erlabt, Herrin Athene, allzeit unser Herz.
ATHENE: *Du weißt, daß die Achäer mich höhnten*
  und mein Heiligtum?
POSEIDON: *Als Aias mit Gewalt Kassandra fortge-*
  schleppt?
ATHENE: *Ja, und die Griechen richteten, rügten ihn*
  nicht einmal.
POSEIDON: *Und brachten Troja doch dank deiner*
  Hand zu Fall.
ATHENE: *Drum füg', mit dir im Bund, ich ihnen*
  Schlimmes zu.
POSEIDON: *Ich folge deinem Wunsch; jedoch was*
  willst du tun?
ATHENE: *Die Heimkehr sei so schwer, daß sie kaum*
  Heimkehr heißt.

*POSEIDON: Trifft hier die Not sie oder auf der
salz'gen See?*
*ATHENE: Wenn sie das Segel heimwärts trägt von
Ilion. Zeus schickt dann Güsse, schickt der
Schlossen dichten Fall, schickt Sturmes Wut und
Finsternis der Luft; und mir gönnt er den Blitz, den
feueratmenden, daß ich treffe der Griechen Schiffe,
die nun Glut verzehrt. Du, tu das deine! Lasse das
Ägäische Meer in Flutenwirbeln schäumend sich
erheben, dann mit Leibern Toter füll' Euboias
Buchten, daß die Griechen meine heil'gen Stätten
ehren und den andern Göttern fromm sich beugen
künftighin!*
(vgl. Euripides, *Die Troerinnen*, 48 ff.)

Und so geschah es, daß sich auf der Heimreise ein ge-
waltiger Orkan erhob und die griechische Flotte packte,
als bestehe sie aus Papierschiffchen.

*Als die Griechen nach der Eroberung Trojas und der Ver-
teilung der Beute heimfuhren, zürnten ihnen die Götter,
weil sie die Heiligtümer geplündert und weil der Lokrer
Aias Kassandra vom Bild der Pallas weggerissen hatte.
Daher erlitten sie durch Unwetter und widrige Winde
bei den Kaphareischen Felsen Schiffbruch.*
(vgl. Hyginus, *Fabulae*, 116)

Nur wenige konnten sich retten, darunter Aias der Lokrer, der eine Klippe zu fassen kriegte und sich hinauf-
zog. Doch bekanntermaßen kann ja niemand seinem
Schicksal entgehen. Bei Aias dem Lokrer kam noch

hinzu, daß er, sich kaum in Sicherheit wähnend, so vermessen war, den Himmel gleich wieder mit seinen großspurigen Sprüchen herauszufordern.

»Seht ihr, ich habe mich gerettet, euch Göttern zum Trotz«, rief er, indem er die Faust drohend zum Himmel reckte.

Woraufhin Poseidon, zutiefst gekränkt, zum Dreizack griff und Aias die Klippe unter den Füßen zerschmetterte.

Anfangs rettete zwar den Scheiternden Poseidon
Aus den Fluten des Meeres an die großen gyräischen Felsen.
Dort wär Athenes Feind dem verderbenden Schicksal entronnen,
Hätte der Lästerer nicht voll Übermutes geprahlet,
Daß er den Göttern zum Trotz den stürmenden Wogen entflöhe.
Aber Poseidon vernahm die stolzen Worte des Prahlers.
Und ergriff mit der nervichten Faust den gewaltigen Dreizack,
Schlug den gyräischen Fels; und er spaltete schnell voneinander.
Eins der Trümmer blieb; das andere stürzt' in die Fluten,
Wo der Achäer saß und die Gotteslästerung ausstieß;
Und er versank ins unendliche hochaufwogende Weltmeer.
So fand Aias den Tod, ersäuft von der salzigen Welle.
(Homer, *Odyssee*, IV, 502 ff.)

XI

Hektor

Schauen wir uns die Gegenseite an, finden wir die typischen Eigenschaften der griechischen Helden fast identisch bei ihren trojanischen Widersachern wieder: die gleiche Kraft, die gleiche Tapferkeit, die gleichen charakterlichen Schwächen. Hektor, Aeneas oder Deïphobos unterschieden sich nicht sehr von ihren Gegnern. Ja, im Grunde war Hektor für die Trojaner das, was Achill für die Griechen war. Das Urteil über ihn fällt einstimmig aus: todesmutig, unbesiegbar im Zweikampf und mit großer Zungenfertigkeit ausgestattet.

Stellvertretend für alle hier die Einschätzungen von Diodorus Siculus:

Priamus vermählte sich mit Hekabe und zeugte viele Söhne, unter welchen sich im Trojanischen Krieg Hektor am berühmtesten machte.

(vgl. Diodorus Siculus, *Historische Bibliothek*, IV, 75)

und von Dares Phrygius:

Hektor war zungenfertig, blaß, gelockt, schielend, flink mit Armen und mit Beinen, von schönem Antlitz mit einem langen Bart, sauber, tüchtig, großherzig, menschlich zu seinen Mitbürgern, liebenswert und der Liebe fähig.

(vgl. Dares Phrygius, *Excidium Troiae*, 354 ff.)

Drei dieser Attribute lassen uns besonders aufhorchen, »zungenfertig«, also gewandt im Reden, »schielend«, eine Schwäche, die Homer gar nicht erwähnt, und »sauber«, was uns erahnen läßt, wie verdreckt die anderen Helden gewesen sein müssen.

Hektor war der bedeutendste Trojaner, wichtiger noch als König Priamos. In der Schlacht genoß er den Schutz des Kriegsgottes Ares und das Wohlwollen von Apollon, der sogar das Leben des Helden rettete, indem er auf Hektor abgeschossene Pfeile ablenkte.

Hektor war mit der »weißarmigen« Andromache verheiratet, die ihm auch einen Sohn geboren hatte, Astyanax. Von Frauengeschichten, Konkubinen, Sklavinnen usw. ist nichts bekannt. Anders als Agamemnon war er ein treuer Ehemann, und im Gegensatz zu Achill hatte er auch keine homosexuellen Beziehungen.

Kurzum, er war das, was man gemeinhin einen guten Familienvater nennt. Sein großes Hobby waren aber Zweikämpfe: Er ließ keine Gelegenheit aus, irgend jemanden zum Kampf Mann gegen Mann herauszufordern. Nicht immer jedoch wurde solch eine Herausforderung angenommen. Die übliche Reaktion seiner Gegner war nämlich die Flucht. Einmal nahm sogar Diomedes die Beine in die Hand, als er auf Hektor traf.

Und hier nun, was Hektor dem Fliehenden nachrief.

»Tydeus' Sohn, dich ehrten die reisigen Helden
Achaias
Hoch an Rang durch Speis' und wohlgefüllte Becher.
Künftig verachten sie dich; wie ein Weib erscheinest
du nunmehr,
Fort, du zagendes Mädchen! Denn nie, mich selber
vertreibend,
Steigst du die Mauern hinan von Ilios oder entführest
Uns die Weiber im Schiff; zuvor dir send ich den
Dämon!
(Homer, *Ilias*, VIII, 161 ff.)

Hektor besaß ein stark ausgeprägtes Ehrgefühl. Für ihn hatte jedermann die gleichen Rechte und Pflichten, unabhängig von Stand und Vaterland. Hören wir, wie er zum Beispiel seinen Bruder Paris anfährt, als ihm klar wird, daß Paris keinerlei Lust verspürt, sich mit Menelaos zu messen, dem Mann also, dem er die Frau ausgespannt hat:

»Weichling, an Schönheit ein Held, weibsüchtiger,
schlauer Verführer!
Wärest du nie doch geboren, das wünscht ich dir,
oder gestorben,
Eh du um Weiber gebuhlt!« ([. . .])
(ebda., III, 39-40)

Ananke, die Notwendigkeit, hatte schon seit langem beschlossen, daß Hektor durch Achills Hand getötet

103

würde. Da jener sich jedoch beleidigt aus dem Kampf zurückgezogen hatte, war die Sache vertagt worden. Dann geschah das, was geschehen mußte: Hektor tötete Patroklos, Achills Busenfreund, und trieb so den Peliden dazu, wieder zu den Waffen zu greifen.

Da nun schon ein Achill im Normalzustand eine Strafe der Götter war, so muß dieser von Rachedurst erfüllte Held wirklich etwas unvorstellbar Schreckliches gewesen sein. Bei seinem ersten Auftritt nach der Pause metzelte er allein über hundert Trojaner nieder, also praktisch jeden, der irgendwie in seine Nähe gekommen war.

Als Priamos, hoch auf der trojanischen Stadtmauer stehend, sah, daß seine Krieger in wilder Panik davonstürmten, befahl er den Wachen, die Stadttore zu öffnen, damit sich alle in Sicherheit bringen konnten. Unter den Fliehenden war auch Hektor, doch beim skaiischen Tor angekommen, hielt er inne und beschloß, sich dem Feind zu stellen.

Währenddessen rannte Achill auf die trojanische Stadtmauer zu:

Priamos aber, der Greis, ersah ihn zuerst mit den
Augen,
Strahlend wie der Stern, da er herflog durch das
Gefilde,
Welcher im Herbst aufgeht, ([...])
Hell zwar glänzt er hervor, doch zum schädlichen
Zeichen bestimmet,
denn er bringt ausdörrende Glut den elenden
Menschen.
(ebda., XXII, 25-32)

104

Priamos gefror das Blut in den Adern, als er seinen Sohn Achill entgegentreten sah, und versuchte alles, Hektor von seinem Vorhaben abzubringen.

»Mein Sohn«, rief er vom Wachturm hinab, »es hat doch keinen Sinn, dein Leben aufs Spiel zu setzen. Achill ist ein Ungeheuer, und dazu noch unverwundbar. Denk lieber an mich und deine Mutter, vor allem aber an die arme Andromache, die allein schon bei dem Gedanken erbebt, dich draußen vor den Toren zu wissen. Oder wenigstens an deinen Sohn, den kleinen Astyanax, der kaum zwei Jahre zählt und seinen Vater braucht!«

Doch es war zu spät. »Eilfertig die Knie und die Schenkel bewegend« (*Ilias*, XXII, 24), raste Achill mit blutunterlaufenen Augen auf Hektor zu. Dem Trojaner lief es kalt den Rücken hinunter, denn der Pelide muß tatsächlich einen furchterregenden Anblick geboten haben. Und zudem ließ ihn die von Hephaistos geschmiedete Rüstung noch mächtiger wirken, als er ohnehin schon war.

Das skaiische Tor war mittlerweile geschlossen, und so blieb Hektor nur eine Möglichkeit zur Flucht: Er rannte um die Stadtmauer herum, den Peliden dicht auf den Fersen. Drei Runden hatte er schon zurückgelegt, als er plötzlich die Stimme seines Bruders Deïphobos vernahm.

»Bleib stehen, o Bruder«, rief dieser, »laß uns gemeinsam dem Feind entgegentreten. Ich bin hier an deiner Seite, zum Kampf bereit!«

Doch o weh, das war nicht der echte Deïphobos, sondern Athene. Die eingeschworene Feindin der Trojaner hatte die Gestalt des Bruders angenommen, um Hektor mit dieser List zum Stehenbleiben zu verleiten. Daß man ihn getäuscht hatte, merkte der trojanische Held aber erst, als er seine Lanze auf Achill geschleudert hatte und den vermeintlichen Deïphobos aufforderte, ihm eine andere zu reichen. Er sah gerade noch, wie dieser sich in Luft auflöste, da traf ihn Achills Lanze im Nacken. Im Sterben flehte er den Rivalen noch an, seine Leiche nicht den Hunden zum Fraß vorzuwerfen, sondern den Eltern zurückzugeben. Doch der Pelide blieb steinhart:

> *»Nicht beschwöre mich, Hund, bei meinen Knien und den Eltern!*
> *Daß doch Zorn und Wut mich erbitterte, roh zu verschlingen*
> *Dein zerschnittenes Fleisch für das Unheil, das du mir brachtest!«*
> (ebda., XXII, 345-347)

Diktys von Knossos erzählt, daß Achill dann tatsächlich noch gegen Hektors Leichnam wütete.

Obwohl der erbittertste Feind tot war, wurde Achill immer toller, in Erinnerung der Schmerzen, die er erlitten. Daher entkleidete er den Leichnam seiner Rüstung, durchbohrte seine Füße zwischen Knöchel und Ferse, zog ihm einen Riemen durch die Sehnen und knüpfte ihn an seinen Streitwagen, trieb die Pferde an und zog den toten Feind hinter sich her durch den Staub.

(vgl. Diktys von Knossos, *Bellum Troianum*, III, 15)

Priamos Schmerz war grenzenlos, und nachdem er lange um seinen liebsten Sohn geweint hatte, begab er sich zu Achill und bat ihn, ihm den Leichnam zurückzugeben.

Auf Zeus' Geheiß kam Priamos unter der Führung des Hermes ins Lager der Griechen und bekam die Leiche seines Sohnes, nachdem er sie mit Gold aufgewogen hatte, und ließ sie bestatten.
   (vgl. Hyginus, *Fabulae*, 106)

Zwölf Tage und zwölf Nächte dauerten die Begräbnisfeierlichkeiten für Hektor. Die politische Führung Trojas hatte Staatstrauer angeordnet, doch die Achäer wollten sich die Gelegenheit nicht entgehen lassen, ihre trauernden Feinde mit Geschrei und Gesängen zu verhöhnen, ganz ähnlich wie heutzutage die Fans einer siegreichen Fußballmannschaft die Anhänger der Gegenseite.

Die Troer weinten und klagten so laut, daß sogar die Vögel, betäubt von jenen Stimmen, vom Himmel stürzten; um so mehr als die Achäer, um jene zu beleidigen und zu verhöhnen, ihrerseits lautes Geschrei anstimmten. Und während so von überall her lautes Schreien und Wehklagen zu vernehmen war, ließ der König die Tore schließen und legte schwarze Trauergewänder an, und die ganze Stadt war erfüllt von Stöhnen und Klageliedern.
   (vgl. Diktys von Knossos, *Bellum Troianum*, III, 27)

XII

Anchises

Mit Anchises verbindet man gemeinhin die Vorstellung eines gebrechlichen Greises, der von seinem Sohn Aeneas auf den Schultern aus dem brennenden Troja getragen wird. Doch auch Anchises war einmal jung, und da war er ein ausnehmend schöner Jüngling, vergleichbar etwa mit Paris, Iason oder Theseus. Und so reiht ihn auch nicht von ungefähr der auf mythologische Anekdoten und Tratschgeschichten spezialisierte Autor Hyginus (*Fabulae*, 270) in eine *top ten* der Schönlinge jener Epoche ein. Doch nun der Reihe nach.

Die Göttin Aphrodite hatte die Angewohnheit – sei es, weil sie es eben als ihren Job ansah, sei es, weil sie sich langweilte –, hin und wieder dafür zu sorgen, daß sich ein Gott in eine gewöhnliche Sterbliche verliebte. Mit anderen Worten, sie nutzte ihre immense Macht in Liebesdingen, um sich ein wenig auf Kosten der Götterkollegen zu amüsieren. Sogar der Göttervater war machtlos dagegen:

Selbst dem ruhmgekrönten Zeus, der sich seines Donners

Freut, dem Vater der Götter und Menschen, dem
größten, dem höchsten,
Selbst ihm täuscht sie das weise Gemüt nach ihrem
Gefallen
Und bewegt ihn, daß er der sterblichen Weiber
umarme,
Hera, seiner Schwester und Gattin, die Liebe
verhehlend.
(Homer, *Hymnus an Aphrodite*, 36 ff.)

Eines Tages reichte es Zeus aber, und er gedachte, es
der Kollegin mit gleicher Münze heimzuzahlen.

Aber ihr selbst, der lächelnden Kypris, erweckte
Kronion
Süßes Verlangen im Herzen, Lust nach der Sterb-
lichen einem,
Daß sie der menschlichen Liebesumarmung nimmer
unkundig sei.
(ebda., 45 ff.)

Der Glückliche, den es traf, hieß Anchises, unbestritten
ein Sterblicher. Streiten könnte man hingegen darüber,
ob er auch »gewöhnlich« war. Denn Anchises war zwar
im Moment noch Hirte im Idagebirge, aber auch der
künftige König von Dardanos. Doch egal wie, jedenfalls
blickte Zeus Aphrodite tief in die Augen, und »süßes
Verlangen erweckt' er im Herzen ihr nach Anchises«.

Als ihn Aphrodite, die lieblich Lächelnde, schaute,
liebte sie ihn;

109

Es ergriff sie gewaltig das süße Verlangen nach
Anchises,
Der, an Schönheit den Göttern ähnlich, auf Idas
Gebirgen
Weidete Rinderherden an quellenströmenden Höhen.
(vgl. ebda., 53 ff.)

Wild entschlossen, ihn zu verführen, begab sich Aphrodite nur mit einem hauchdünnen Gewand bekleidet, durch das ihr runder, fester Busen schimmerte, gleich in der nächsten Nacht zu ihm. Nicht einmal ein Gott hätte ihr widerstehen können, geschweige denn ein Sterblicher. Um den armen Anchises nicht noch mehr aus der Fassung zu bringen, stellte sich ihm die Göttin aber als eine phrygische Prinzessin auf der Durchreise vor. Und erst im Morgengrauen, nach der »süßen Vereinigung«, gestand sie ihm, wer sie war, und fügte dann unter Küssen und Streicheleien hinzu:

»O mein teurer Anchises, um dir zu beweisen, daß meine Gefühle für dich aufrichtig sind, verkünde ich dir hiermit, daß ich dir einen Sohn gebären werde, der Großes vollbringen und Stammvater eines gewaltigen Geschlechts wagemutiger Männer werden soll.«

Nun muß man ehrlicherweise zugeben, daß der letzte Teil des Satzes von römischen Autoren hinzugefügt wurde, die sich damit brüsteten, Nachkommen von Aeneas und damit auch von Anchises zu sein.

Nur eine Bedingung stellte Aphrodite dem Hirten Anchises: Er dürfe niemandem ein Sterbenswörtchen von dem sagen, was vorgefallen war. Und in diesem Punkt zeigte sich die Göttin unerbittlich:

»Aber wenn du dich rühmst mit törichtem Herzen
und aussagst,
Daß du Aphrodite in süßer Umarmung geküßt hast,
Dann wird zürnend Kronion mit flammenden Blitzen
dich treffen.
Alles habe ich dir nun gesagt, bewahr es im Herzen!
Zähme dich! Nenne mich nicht und scheue den Zorn
von uns Göttern!«
(ebda., 348 ff.)

Für einen wahren Gentleman kein Problem – der genießt und schweigt. Doch Anchises war offensichtlich aus anderem Holz geschnitzt. Und beim erstbesten Besäufnis mit seinen Freunden begann er zu prahlen, er habe mit der Göttin Aphrodite geschlafen. Dann erzählte er haarklein von seinem unglaublichen Abenteuer, wie sie angezogen war, wie er selbst bald schon nicht mehr angezogen war, was sie getan und was sie gesagt hatten.

Und wie nicht anders zu erwarten, kam Anchises diese Indiskretion teuer zu stehen. Zeus war zutiefst gekränkt, als er davon erfuhr, und schleuderte einen Blitz gegen den Leichtfertigen, der ihn für sein ganzes Leben zum Krüppel machte. Unnötig zu erwähnen, daß Aphrodite an einem behinderten Anchises jegliches Interesse verlor.

Doch aus ihrer Verbindung ging Aeneas hervor, der berühmteste Held des trojanischen Heeres und der Sage nach Stammvater der Römer.

Am Trojanischen Krieg nahm Anchises nicht mehr teil, weil er mit seinen rund siebzig Jahren die Alters-

111

grenze schon überschritten hatte. Erst gegen Ende hören wir von ihm, als Troja in Flammen aufgeht und Aeneas ihn zusammen mit dem kleinen Askanios in Sicherheit bringt.

Aeneas nahm den Vater Anchises und den kleinen Askanios auf die Schultern und entriß sie den Flammen.
(vgl. Hyginus, *Fabulae*, 254)

Vergil zufolge ist Anchises mit Aeneas bis nach Sizilien gereist. Ausgezehrt von den zahlreichen Entbehrungen, starb er dann während eines Aufenthalts im Hafen von Drepanum (dem heutigen Trapani). Und das erzählt Aeneas seiner Geliebten, der Königin Dido, von Anchises' Tod:

> *»Dann empfängt mich der Hafen und meerumbrandetes Ufer*
> *Drepanums. Hier, nachdem ich so viele Stürme erduldet,*
> *Wehe, verlier ich den Vater Anchises, der Sorgen und Leiden*
> *Immer gelindert. Hier ließest du, teuerster Vater, mich Müden*
> *Nun zurück, umsonst so vielen Gefahren entronnen.«*
> (Vergil, *Aeneis*, III, 707 ff.)

XIII

Aeneas

Für eine Mama sind ja die lieben Kleinen bekanntermaßen das Ein und Alles, und auch Aphrodite war in dieser Hinsicht keine Ausnahme. Obwohl ihre leidenschaftlichen Gefühle für Anchises schon lange passé waren, hatte sie an dem kleinen Aeneas einen Narren gefressen und plante schon dessen blendende Zukunft als Stammvater des römischen Volkes.

Zunächst einmal vertraute sie ihn aber der liebevollen Fürsorge einer Schar Nymphen im Idagebirge an, die ihn mit Streicheleinheiten und Ambrosia (ein exklusives Gelée royal für Götter) großzogen. Als der Junge dann ins schulpflichtige Alter kam, schickte sie ihn zur weiteren Erziehung einem gewissen Alkathoos.

Wie bei solcher Mutter, der Göttin der Schönheit, nicht anders zu erwarten, war Aeneas mittlerweile ein wunderschöner Jüngling geworden.

Aeneas hatte rötliches Haar, breite Schultern und dunkle, fröhliche Augen; er war ein gewandter Redner, umgänglich, unbeirrbar in seinen Entschlüssen, großherzig und von anmutiger Art.

(Dares Phrygius, *Excidium Troiae*)

Alle Autoren attestieren ihm übereinstimmend große Weisheit und eine dem Hektor entsprechende Bedeutung im Krieg mit den Achäern. Dabei wollte er zu Beginn gar nicht daran teilnehmen, weil er sich von Priamos übergangen fühlte, der die hohen Befehlsränge lieber mit den eigenen Söhnen besetzte.

Es waren bereits acht Kriegsjahre ins Land gegangen, als Aeneas es zum erstenmal mit dem blutrünstigen Achill zu tun bekam. Thetis' Sohn, der sich, sobald er ein wenig Zeit fand, damit beschäftigte, die Umgebung von Troja zu plündern, verjagte Aeneas aus dem Idagebirge, nahm ihm die Rinderherden ab und zerstörte die nahen Städte Pedasos und Lyrnessos.

Mit dem Leben davon kam Aeneas nur, weil sich der Göttervater persönlich einschaltete und seinen Beinen eine solche Kraft einflößte, daß er tatsächlich Achill davonrennen konnte. Aber als Sohn der Göttin der Liebe genoß unser Held eben eine spezielle Vorzugsbehandlung, und der halbe Olymp stand auf seiner Seite. In einer Auseinandersetzung mit Diomedes zum Beispiel wäre Aeneas ...

... dort nun gestorben, der Herrscher von Dardanos,
Wenn nicht schnell es bemerkt die Tochter Zeus'
Aphrodite,
Die dem Anchises vordem ihn gebar bei der Herde der
Rinder.
Diese, den trautesten Sohn mit Lilienarmen um-
schlingend,

114

Breitet' ihm vor die Falte des silberhellen Gewandes
Gegen der Feinde Geschoß, daß kein Gaultummler
Achaias
Jenem die Brust mit Erze durchbohrt' und das Leben
entrisse.
Also den trautesten Sohn enttrug sie hinweg aus der
Feldschlacht.
(Homer, *Ilias*, V, 311 ff.)

Bemerkenswert, daß die Göttin der Liebe selbst bei dieser Gelegenheit nicht ungeschoren davonkam. Denn Diomedes ...

... jetzt, die Lanze gestreckt, der erhabene Sohn des
Tydeus
Traf er daher sich schwingend mit eherner Spitze die
Hand ihr,
Zart und weich; und sofort in die Haut ihr stürmte
die Lanze
Durch die ambrosische Hülle, die ihr die Chariten
gewebet,
Nah am Gelenk in der Fläche: da rann ihr unster-
liches Blut hin,
Klarer Saft, wie den Wunden der seligen Götter ent-
fließet.
(ebda., V, 335 ff.)

Die Göttin stöhnte vor Schmerz auf und ließ Aeneas zu Boden fallen. Doch wie der Held so mit gebrochenem Oberschenkel da lag und erneut Diomedes auf sich zustürzen sah, war es diesmal Apollon, der ihm half:

Aber ihn in den Händen errettete Phoibos Apollon,
Hüllend in dunkles Gewölk, daß kein Gaultummler
Achaias
Jenem die Brust mit Erze durchbohrt' und das Leben
entrisse.
(ebda., V, 344 ff.)

Bei anderer Gelegenheit war es Poseidon, der Aeneas
vor Achills Zorn schützte, indem er ihn, auch hier mit
dem Wölkchentrick, dem Blick des Peliden entzog:

Jenem sogleich nun goß er umschattende Nacht vor
die Augen,
Peleus' Sohn Achilleus, und selbst die mordende
Esche
Zog er zurück aus dem Schilde dem mutigen Held
Aineias,
Legte sie dann vor die Füße des Peleionen Achilleus.
Doch den Aineias schwang er, empor von der Erd'
ihn erhebend;
Und weit über die Reihen des Volks und die Reihen
der Rosse
Flog Aineias hinweg, von der Hand des Gottes
geschleudert,
Bis er kam an die Grenze des tobenden Schlachten-
getümmels.
(ebda., XX, 321 ff.)

Achill verlor die Fassung, als er sich so schon zum zweiten Mal um die Gelegenheit gebracht sah, seinem Feind
Aeneas den Garaus zu machen. Und so fluchte er:

116

*»Weh mir! Ein großes Wunder erblick ich dort mit den
Augen!*
*Siehe, die Lanze liegt an der Erd' hier; aber der Mann
ist*
*Nirgends, dem ich sie warf, ihn auszutilgen ver-
langend!*
*Ei, daß auch Aineias geliebt von unsterblichen Göttern
War! Doch meint ich gewiß, er rühme sich nur so
vergebens.*
*Wandr' er dahin! Nie wahrlich mit mir sich noch zu
versuchen*
*Waget er, der auch nun zu entfliehn sich freut aus
dem Tode!«*
(ebda., XX, 344 ff.)

Kurzum, die Götter liebten Aeneas, und dieser dankte
es ihnen. Denn er war ein tiefgläubiger Mensch, der
keine Entscheidung traf, ohne zuvor den Göttern die
passenden Opfer zu bringen. Nicht zufällig gaben die
Römer ihm den Beinamen *Pius.*

Auch als Troja verloren war und den Geschlagenen
nur noch die Flucht blieb, war ihm die Rettung einer
Statue der Schutzgötter des heimischen Herdes, Penates genannt, mindestens ebenso wichtig wie die seines
Vaters Anchises und seines Sohnes Askanios:

*Der Heros trägt das Geheiligte und den Vater, der nicht
minder heilig ist, auf den Schultern als ehrwürdige Last.
Von so großen Schätzen wählt der Fromme dies als Kost-
barstes und seinen Sohn Ascanius.*

(vgl. Ovid, *Metamorphosen,* XIII, 624-627)

117

Und was ist mit seiner Gattin Kreüsa? Tja, daß Aeneas seine Gemahlin ihrem Schicksal überließ, ist von den Dichtern immer gerne verschwiegen worden. Wahrscheinlich hat er aber, bevor er das Weite suchte, noch zu ihr gesagt:

»O Kreüsa, ich hab' schon Papa, Askanios und die Penates am Hals. Tu mir einen Gefallen: Versuch, alleine durchzukommen!«

Aber Kreüsa schaffte es nicht: So schnell sie auch lief, sie blieb zurück und wurde ein Opfer der Flammen. Daß Aeneas, wie manche Autoren behaupten, dann noch einmal zurückkam und nach ihr suchte, muß unserer Ansicht nach erst noch bewiesen werden.

An dieser Stelle müssen wir nun auf ein Gerücht zu den Hintergründen der Zerstörung Trojas zu sprechen kommen, das Dares Phrygius in die Welt gesetzt hat. Dieser behauptet nämlich, das berühmte hölzerne Pferd habe nie existiert, sondern Aeneas habe im Einverständnis mit einem gewissen Antenor, einem Trojaner mit offen eingestandenen Sympathien für die Achäer, dem Feind die Stadtschlüssel im Tausch gegen sein Leben ausgehändigt. Also kein hölzernes Pferd, und folglich auch keine darin versteckten Krieger, sondern ein Schlüsselbund, mit dem die Achäer ein Tor der trojanischen Stadtmauer öffneten, und zwar das Pferdetor, so genannt wegen eines in den Torbogen eingemeißelten Basreliefs.

Hätten die Troer ihre Stadt übergeben, hätten auch die Griechen Wort gehalten und Leben und Güter von Antenor, Aeneas, Ukalegon, Polydamas und Dolon ge-

schont, gleichfalls deren Kinder, Ehefrauen, Verwandte und Freunde.

(vgl. Dares Phrygius, *Excidium Troiae*, 1176)

Weiter schreibt Dares, daß sich die griechischen Ober-befehlshaber des Nachts ...

... vor dem Tor versammelten, das ein Pferdekopf ziert. Hier warteten schon Antenor und Aeneas, die Wache hielten, auf sie, um dem achäischen Heer das Tor zu öffnen, und als Signal gaben sie ihnen ein Lichtzeichen.

(vgl, ebda., 1184)

Die folgenden Ereignisse stimmen dann wieder mit der allgemein bekannten Version überein: Das Eindringen der Achäer, die Plünderung der Stadt, die Gemetzel und Brandschatzungen.

Mit seiner Flucht aus Troja überschreitet Aeneas dann auch die Grenzen der griechischen hin zur römi-schen Mythologie. Dazwischen liegt aber noch seine Begegnung mit der karthagischen Königin Dido, aus der sich die vielleicht berühmteste und ergreifendste Liebesgeschichte des klassischen Zeitalters entwickelt. Vergil beschreibt sie im vierten Buch der *Aeneis*.

Auf seiner Irrfahrt durchs Mittelmeer gelangte Ae-neas nach Karthago, wo er sich in die schöne Köni-gin Dido verliebte. Die beiden verlebten eine glückli-che Zeit miteinander, bis sich der Held eines Tages, wie üblich dem Willen der Götter gehorchend, dazu ent-schloß, wieder in See zu stechen. Und alles Flehen sei-ner Geliebten konnte ihn nicht umstimmen:

*»Willst du jetzt wirklich fort und die arme Dido
verlassen?*
Trägt mir der gleiche Wind Treue und Segel davon?
*Bist mit den Schiffen zugleich den Bund zu lösen
entschlossen,*
*Suchend ein Reich, von dem du nicht weißt, wo es
liegt.*
*Und es halten dich nicht Karthagos wachsende
Mauern*
Noch die Königsgewalt, welche ich hier dir verliehn.
Fertiges fliehst du, zu Schaffendes suchend ([...])
Andere Liebe mußt, eine andere Dido du suchen,
*Nochmals geben dein Wort, daß du noch einmal es
brichst.«*
(Ovid, *Heroides*, VII, 9ff.)

Doch Aneas blieb hart, und so sah die Königin nur noch
einen Ausweg: Selbstmord.

*»Und so hab ich im Sinn, mein Lebensblut zu
vergießen:*
*Grausam kannst du dann nicht lange mehr gegen
mich sein. ([...])*
*Und auf dem Schoße gezückt liegt dein trojanisches
Schwert.*
*Tränen entströmen dem Aug' und fallen herab auf das
Eisen,*
*Das, statt von Tränen, nun bald röten vom Blut sich
wird.«*
(ebda., VII, 183ff.)

Eine tragische Szene, von der sich alle anrühren ließen, bis auf Dante, der Dido in seiner *Göttlichen Komödie* unerbittlich in den Kreis der Fleischessünder einreiht, mit der Begründung, sie sei dem Angedenken ihres toten Gemahls nicht treu geblieben:

> *Die zweite tötete sich aus Verliebtheit;*
> *dem toten Gatten treulos: das ist Dido.*
> (Dante Alighieri, *Die göttliche Komödie. Hölle,*
> V, 61-62)

Nachdem er Dido so brutal absorviert hat, landet Aeneas in Italien, in Cumae, wo er Sibylle begegnet, die ihn zu einem Bummel durch die Unterwelt einlädt. So hat er Gelegenheit, seinen Vater Anchises wiederzusehen, der ihm eine glorreiche Zukunft voraussagt:

> *»Zeigen will ich dir jetzt, welch Ruhm die Troer*
> *erwartet,*
> *Welche Enkel dir noch vom Italerstamme*
> *entsprießen.*
> *Seelen gar reich an Ruhm und Erben unseres*
> *Namens.*
> *Die offenbare ich dir, dazu auch dein eigenes*
> *Schicksal.«*
> (Vergil, *Aeneis*, VI, 756 ff.)

Und los geht's mit der Aufzählung einer Unmenge klingender Namen, von Romulus über Caesar bis zu Kaiser Augustus. Und dann zum Schluß die berühmt gewordene Mahnung:

*»Du aber, Römer, gedenke die Völker der Welt zu
beherrschen
(Darin liegt deine Kunst) und schaffe Gesittung und
Frieden,
Schone die Unterworfenen und ringe die Trotzigen
nieder.«*
(ebda., VI, 851 ff.)

XIV

Memnon

Doch kehren wir nun wieder aufs Schlachtfeld vor
Troja zurück. Nachdem sich die Trojaner vom Schock
durch Hektors Tod ein wenig erholt hatten, bemühten
sie sich, ihre Verteidigungslinien zu stärken, indem sie
weitere Verbündete zu Hilfe riefen. Darunter war König Memnon, der bald schon mit einem schlagkräftigen
Heer anrückte. Dieser Memnon war ein wunderschöner Jüngling (manche Autoren bezeichnen ihn sogar
als schönsten Mann der Welt), mit blauen Augen und
pechschwarzer Haut. Er war ein Sohn der Eos, der
Göttin der Morgenröte, und des Tithonos, eines Bruders von Priamos. Diodorus Siculus liefert uns exakte
Informationen zu seinen Truppen:

*Memnon kam den Trojanern zu Hilfe mit zehntausend
Aethiopiern und eben so viel Susianern mit zweihundert Wagen.*
(vgl. Diodorus Siculus, *Historische Bibliothek*, II, 22)

Diktys von Knossos fügt hinzu, daß beim Eintreffen der
Verstärkungen ...

... um die ganze Stadt herum, so weit der Blick reichte,
die trojanische Eben angefüllt war mit Männern und
Pferden, die der König über die Höhe des Kaukasus bis
nach Troja geführt hatte.
    (vgl. Diktya von Knossos, *Bellum Troianum*, IV, 5)

Beim Anblick dieser ungeheuren Ansammlung von
Menschen und Material begann sogar Priamos wieder,
auf den Sieg zu hoffen. Zumal seinem Neffen Memnon der Ruf vorausging, ein hervorragender Krieger
zu sein. Und im stillen baute der alte König wohl darauf, daß er die Lücke füllen könne, die der Tod Hektors
gerissen hatte. Unterdessen marschierte an der Spitze
des Heeres Memnon in seiner blitzenden Rüstung, die
ihm Hephaistos eigens gefertigt hatte, der göttliche
Handwerkermeister also, den wir schon als offiziellen
Rüstungsfabrikanten für Achill kennengelernt haben.
Die ganze trojanische Bevölkerung lief ihm jubelnd
entgegen.

Freudig erregt sah'n ihn in der Stadt ankommen die
Dardaner, Schiffern vergleichbar, die schon völlig er-
schöpft, nach unheilbringendem Sturme seh'n in der
Luft hoch glänzen der Helike schimmernde Kugel.
    (vgl. Quintus von Smyrna, *Posthomerica. Die Fort-*
setzung der Ilias, 2, 102ff.)

Und die Hoffnungen der Trojaner wurden nicht ent-
täuscht. Memnon erwies sich sogleich als ein Mann, der
keiner Rauferei aus dem Weg ging. Diktys von Knossos
informiert uns über die Einzelheiten.

Nachdem er seine besten Männer um sich versammelt hatte, preschte er mit seinem Streitwagen in die griechischen Reihen und tötete und verjagte jeden, der sich ihm entgegenstellte.
(vgl. Diktys von Knossos, *Bellum Troianum*, IV, 5)

In der Tat saß beim Sohn der Eos jeder Hieb, und ohne innezuhalten, schaltete er einen Griechen nach dem anderen aus. Unter den zahlreichen Gegnern, die ihn aufzuhalten versuchten, war auch Nestors junger Sohn Antilochos, der herbeigeeilt war, um seinen greisen Vater vor dem tobenden Memnon zu retten:

»Du feiger Hund«, rief er dem äthiopischen König zu, »laß ab von meinem Vater, oder ich werde dich lehren, dich an Alten und Schwachen zu vergreifen!«

Und mit diesen Worten schleuderte er einen schweren Felsbrocken auf ihn, mit dem traurigen Resultat, daß er Memnons Wut nur noch steigerte. Dieser stürzte sich auf ihn und durchbohrte ihn mit der Lanze.

Noch wütender drang er auf Antilochos ein; heiß entbrannte in der Seele der Kampfesmut. Ihm, ein so tapferer Streiter er war, dem Sohn des Nestor, stieß er mit Macht in die Brust, und bohrte die stämmige Lanze tief ihm hinein ins Herz, die gefährlichste Stelle des Lebens.
(vgl. Quintus von Smyrna, *Posthomerica*, 2, 257 ff.)

So wütete Memnon den ganzen Tag weiter, bis sich die ersten Schatten des Abends niedersenkten und die Kampfhandlungen eingestellt wurden. Zum Glück für die Achäer, denn der entfesselte Memnon hatte sich

schon daran gemacht, die griechische Flotte anzugreifen:

*Wäre nicht die Nacht, die Zuflucht der Erschöpften,
hereingebrochen, wären an jenem Tage alle griechischen Schiffe verbrannt und zerstört worden. So groß
war Memnons Kühnheit und Geschick im Kampfe.*
(vgl. Diktys von Knossos, *Bellum Troianum*, IV, 5)

Nachdem sie ihre Toten begraben hatten, kamen die
griechischen Heerführer, entsetzt über die unerwartete
Kampfkraft des Neuankömmlings, in der Nacht zu einer Sondersitzung zusammen und beratschlagten, was
zu tun sei. Schließlich kamen sie überein, daß Aias der
Telamonier am nächsten Tag schon Memnon zum Zweikampf herausfordern sollte.

So standen sich am folgenden Morgen zu früher
Stunde die beiden Helden in einem mit äußerster Härte
geführten Duell gegenüber. Doch während sie schon
wild aufeinander einschlugen, eilte die Göttin Thetis
zu ihrem Sohn Achill, um ihn vom Tod des Antilochos
in Kenntnis zu setzen:

»Mein Sohn, was tust du hier abseits von den anderen? Warum meidest du den Kampf? Hast du die traurige Nachricht noch nicht vernommen?«

»Aber Mutter, von welcher traurigen Nachricht
sprichst du?« fragte Achill ahnungslos.

»Ich spreche von Nestors Sohn. Dieser schwarze
Heerführer, der Sohn der Eos, hat den tapferen Antilochos, der dir wie ein Bruder ans Herz gewachsen ist,
getötet.«

126

Dazu muß man wissen, daß Antilochos nach Patroklos' Tod tatsächlich Achills liebster Freund geworden
war. Und angestachelt von der Verzweiflung und dem
Verlangen, Rache zu nehmen, rannte der Pelide zum
Schlachtfeld und rief, während er sich noch einen Weg
durch die Menge bahnte, die dem Zweikampf bei-
wohnte:

»Tritt zur Seite, Aias! Und du, verfluchter Memnon,
paß gut auf. Jetzt bekommst du es mit mir zu tun. Du
sollst es bitter bereuen, den Antilochos getötet zu haben!«

*So der Pelid' und ergriff das gewaltige Schwert mit den
Händen; Memnon erhob sich zugleich, und ein wüten-
des Kämpfen entbrannte. Unablässig im Herzen beseelt
von unendlicher Streitlust, trafen die zwei, Streich füh-
rend auf Streich, die genabelten Schilde, welche die
Kunst des Hephaestos erschuf; bei jeglichem Angriff
prallten die Helme zusammen, und Helmbusch streifte
den Helmbusch. Beiden zumal wohlwollend, verlieh
der Kronide den beiden riesige Kraft, und erhöhte den
Wuchs weit über die Größe sterblicher Leiber hinaus,
und Eris freute sich beider.*

(vgl. Quintus von Smyrna, *Posthomerica*, 2, 452 ff.)

Nach einem tollen Kampf gelang es Achill schließlich,
seinem Gegner den tödlichen Schlag zu versetzen:

*Mit der Lanze durchbohrte er ihm die Kehle, den Au-
genblick nutzend, da der Schild ihn nicht schützte.*

(vgl. Diktys von Knossos, *Bellum Troianum*, IV, 5)

Eos, die Göttin der Morgenröte, war untröstlich über Memnons Tod und beweinte unaufhörlich ihren geliebten Sohn. Und so behaupten manche, der Morgentau sei nichts anderes als ihre Tränen. Ovid gibt in seinen *Metamorphosen* das ergreifende Flehen wieder, das Eos an den Göttervater richtet, damit dieser Memnon ein ehrenvolles, dem Sohn einer Göttin würdiges Begräbnis gestatte:

»Allen unterlegen, die der goldene Äther trägt – ich habe nämlich auf dem Erdkreis die wenigsten Tempel – doch immerhin eine Göttin, bin ich zu dir gekommen ([. . .]), weil ich meinen Memnon verloren habe, der vergeblich für seinen Oheim die Heldenwaffen trug und, kaum erblüht, von der Hand des tapferen Achilles gefallen ist – so habt ihr's gewollt. Schenk ihm, bitte, als Trost für seinen Tod eine Ehrung, oberster Lenker der Götter, und lindere das Leid seiner Mutter.«

(Ovid, *Metamorphosen*, XIII, 587 ff.)

Zeus ließ sich von ihren Worten anrühren und verwandelte zu Memnons Ehren all die zahlreichen Frauen, die zur Trauerfeier des Helden gekommen waren, in Vögel. Diese seltsamen, Schnepfen ähnlichen Tiere, Memnoiden genannt, sollen den Scheiterhaufen, auf dem die Äthioper nach alter Sitte ihren toten König verbrannten, dreimal umkreist und sich dann nacheinander ins Feuer gestürzt haben. Weiter wird erzählt, daß sich diese einzigartige Bestattungszeremonie jedes Jahr wiederholt.

XV

Helena

Nachdem wir nun die hervorragendsten männlichen Helden des Trojanischen Krieges haben Revue passieren lassen, ist es an der Zeit, die weiblichen Hauptpersonen besser kennenzulernen, die in der ganzen Angelegenheit eine ebenso wichtige Rolle spielen.

Die Rolle der Protagonistin kommt dabei selbstverständlich Helena zu. Über die Umstände ihrer Geburt sind die phantastischsten Geschichten im Umlauf. Manche behaupten, sie sei aus einem goldenen Ei geschlüpft, das vom Mond ins Meer gefallen war, von Fischen ans Ufer transportiert und dort von Tauben aufgepickt wurde. Andere halten sie für eine Tochter von Zeus.

Dieser zweiten Version nach hatte Zeus, um die zur Gans gewordene Nemesis zu verführen, die Gestalt eines Schwans angenommen. Aus der Verbindung entstand ein Ei, das Hermes dann Leda, der Frau von Tyndareos, zwischen die Schenkel steckte, als diese einmal mit leicht gespreizten Beinen dasaß. Wieder andere schwören, Zeus habe, wiederum als Schwan, die Leda auf direktem Wege befruchtet.

Doch egal, wie die Dinge nun verliefen, eins ist jedenfalls völlig unbestritten: Helena war die schönste Frau der Welt. Hinsichtlich ihrer Verantwortung für den Trojanischen Krieg gibt es sozusagen zwei verschiedene Denkschulen: die der Ankläger und die der Verteidiger. Dabei lautet die Frage, die Poeten und Historiker seit Jahrhunderten entzweit, praktisch nur: War Helena nun ein schamloses Weibsbild oder ein Opfer der Götter?

Daß sie nicht unbedingt ein Ausbund an Keuschheit und ehelicher Tugend war, dürfte mittlerweile schon klargeworden sein. Dennoch sollte man nicht verschweigen, daß ihr eben aufgrund ihrer außerordentlichen Schönheit immer wieder recht unschöne Dinge zustießen. So scheint es zum Beispiel ihr Schicksal gewesen zu sein, geraubt zu werden. Als ihr das zum ersten Mal passierte, war sie noch ein Kind. Sie selbst bestätigt es in Goethes *Faust* im Gespräch mit Phorkyas:

> PHORKYAS: *Schon Theseus haschte früh dich, gierig aufgeregt,*
> *Wie Herakles stark, ein herrlich schön geformter Mann.*
> HELENA: *Entführte mich, ein zehnjährig schlankes Reh,*
> *Und mich umschloß Aphidnus' Burg in Attika.*
> (Goethe, *Faust. Der Tragödie zweiter Teil*, III, 8848 ff.)

Und auch Diodorus Siculus erzählt von dieser Episode, wobei er klarstellt, daß es Theseus' Freund Peirithoos war, von dem der Vorschlag kam:

Da Theseus auch seine Gemahlin, Phädra, verloren
hatte, so beredete ihn Peirithoos, die Helena, die Toch-
ter des Zeus und der Leda, zu entführen, welche damals
zehn Jahre alt war und durch ihre Schönheit sich vor al-
len auszeichnete. Sie kamen mit mehreren Begleitern
nach Lacedämon und entführten sie nach Troja.
(vgl. Diodorus Siculus, *Historische Bibliothek*, IV, 63)

Allem Anschein nach haben Theseus und Peirithoos
darum gewürfelt, wer die zehnjährige Helena nun heiraten dürfe. Theseus gewann, und so brachte er das
Mädchen zu seiner Mutter nach Aphidna. Dort versteckte er sie, weil er befürchten mußte, daß ihre
Brüder, die Dioskuren Kastor und Pollux, sie suchen
würden. Was dann auch prompt geschah.

Um diese Zeit sollen die Dioskuren, die Brüder der He-
lena, nach Aphidna gezogen sein, die Stadt erobert und
zerstört und die Helena als Jungfrau nach Lacedämon
zurückgebracht haben; Aethra, die Mutter des Theseus,
mußte ihr als Sklavin folgen.
(vgl. ebda.)

Anderen Quellen zufolge soll Helena, als sie nach
Sparta zurückkehrte, nicht nur keine Jungfrau mehr
gewesen sein, sondern gar schon eine Tochter gehabt
haben, Iphigenie nämlich, die später dann aus »politi-
schem« Kalkül als Kind der Schwester Klytämnestra
ausgegeben wurde. Denn wie hätte Tyndareos eine ent-
ehrte Tochter mit der besten Partie ganz Griechenlands
vermählen sollen?

131

Kann als sicher gelten, daß Theseus Helena mit Gewalt entführte, so muß man beim zweiten Raub, dem von Paris initiierten, ernste Zweifel anmelden. Einige Autoren, darunter Euripides, vertreten aber die Ansicht, daß Helena im Moment des Raubes völlig willenlos war, da sie ganz unter Aphrodites Macht stand. In Euripides' *Troerinnen* verteidigt sie sich selbst gegen den von Menelaos erhobenen Vorwurf des Ehebruchs:

> *»Du meinst nun wohl, das Wichtigste verschwieg ich gern,*
> *Nämlich, daß insgeheim ich aus dem Haus ging.*
> *Es kam der Unhold, dieser Greisin Sohn, und hatt'*
> *Zum Beistand keine schwache Göttin, willst du ihn*
> *Nun Alexandros oder Paris heißen. Ihn,*
> *Du Feigster aller Feigen, ließest du zurück*
> *Und segeltest von Sparta nach der Kreter Land.*
> *Genug davon!*
> *Nicht dich, mich selbst will ich jetzt fragen, wo der Sinn*
> *Mir stand, als ich mich fortstahl und dem Fremden folgt'*
> *Und gab mein Land, und, was mir teuer war, dahin.*
> *Richte die Göttin, hebe höher dich als Zeus,*
> *Der über alle Götter Macht besitzt und ist*
> *Der einen dennoch untertan. Doch mir vergib!«*
> (Eurpides, *Die Troerinnen*)

Die verbreitetste These besagt aber, daß Helena sehr wohl bei klarem Verstand war und vielleicht sogar die Aktion selbst geplant hatte. Da sie mit fünf Sklaven und zwei mit dem Tafelsilber des ganzen Palastes bepackten Mauleseln von Sparta abreiste, sind kritische Nachfragen wohl berechtigt.

In Troja wurde Helena dann freudig aufgenommen. Alle Männer der Stadt waren tief beeindruckt von ihrer Schönheit, und viele verliebten sich auf den ersten Blick in sie. Die Situation änderte sich jedoch schlagartig, als der Krieg gegen die Achäer ausbrach. Schon bald sah das trojanische Volk in ihr die Hauptschuldige an der ganzen Misere und begann, sie zu hassen. Die bösesten Zungen streuten sogar das Gerücht aus, Helena würde, anstatt den Verwundeten Hilfe zu leisten, wie es ihre Pflicht als gute Ehefrau gewesen wäre, den lieben langen Tag in ihrem Schlafgemach zubringen und sich von ihren Mägden massieren lassen, um bei den nächtlichen Vergnügungen noch begehrenswerter zu erscheinen.

Nach Paris' Tod beging sie dann einen weiteren schweren Fehler, als sie schon wenige Tage später einen anderen Sohn von Priamos, Deïphobos nämlich, heiratete. Sie scheint aber nicht in ihn verliebt gewesen zu sein, ja, sie begann jetzt sogar, immer häufiger an Menelaos zu denken, und überlegte hin und her, wie sie seine Vergebung erlangen könne.

Die Gelegenheit dazu bot sich ihr, als sich der listenreiche Odysseus in Troja einschlich, um das Palladion zu rauben. Obwohl sich der König von Ithaka nicht nur als Bettler verkleidet hatte, sondern auch noch, um die Szene authentischer zu gestalten, von Diomedes auf offener Straße durchprügeln ließ, erkannte sie ihn wieder. Sie selbst erzählt es uns:

»Und nachdem er die Schultern mit schlechten
Lumpen umhüllet,
Ging er in Sklavengestalt zur Stadt der feindlichen
Männer.
Ganz ein anderer Mann, ein Bettler schien er von
Ansehn
([...])
Also kam er zur Stadt der Troer, und sie verkannten
Alle den Helden; nur ich entdeckt' ihn unter der
Hülle,
Und befragt' ihn; doch er fand immer listige
Ausflucht.
Aber als ich ihn jetzo gebadet, mit Öle gesalbet
Und mit Kleidern geschmückt und drauf bei den
Göttern geschworen,
Daß ich Odysseus den Troern nicht wollte verraten,
da verkündet' er mir den ganzen Entwurf der Achäer.
(Homer, *Odyssee*, IV, 245 ff.)

Sehr wahrscheinlich verriet ihr Odysseus bei dieser Gelegenheit auch den Plan mit dem hölzernen Pferd. Denn
in der verhängnisvollen Nacht, als es in die Stadt gezogen wurde, war es Helena, die den Griechen mit einer
Fackel das Zeichen gab, daß die Luft rein war. Doch
bekanntermaßen sind ja Frauen von Natur aus wech-
selhaft, und so ließ sich Helena die Gelegenheit nicht
entgehen, ihren alten Landsleuten einen üblen Streich
zu spielen. In Deïphobos' Begleitung näherte sie sich
dem Pferd, und während sie es streichelte, provozierte
sie auf grausame Weise die darin versteckten Helden,
indem sie jeden einzelnen mit der Stimme seiner Gattin

ansprach. Jahre später hält ihr Menealos in der *Odyssee* dieses Verhalten noch einmal vor:

»*Dorthin kamest auch du, gewiß von einem der Götter*
Hingeführt, der etwa die Troer zu ehren gedachte;
Und der göttergleiche Deïphobos war dein Begleiter.
Dreimal umwandeltest du das feindliche Männergehäuse,
Rings betastend, und riefst der tapfersten Helden Achäas
Namen, indem du die Stimme von aller Gemahlinnen annahmst.
Aber ich und Tydeus' Sohn und der edle Odysseus
Saßen dort in der Mitte und höreten, wie du uns riefest.
Plötzlich fuhren wir auf, wir beiden andern, entschlossen
Auszusteigen, oder von innen hören zu lassen.
Aber Odysseus hielt uns zurück von dem raschen Entschlusse.
(ebda., IV, 274 ff.)

Ein Stück Sadismus wie aus dem Lehrbuch! Man versetze sich nur in die Lage jener armen Krieger, wie Ölsardinen zusammengedrängt im Bauch des Pferdes, und stelle sich vor, plötzlich die Stimme der eigenen Frau zu hören, die man zehn Jahre nicht gesehen hat und die nun mit schmachtender Stimme dazu auffordert, herauszukommen und sich der Liebe hinzugeben. Vielleicht war Menelaos, nachdem er in Helenas Palast eingedrungen war und außer sich vor Zorn Deïphobos niedergemacht hatte, auch wegen dieser Episode schon kurz davor, auch Helena auf der Stelle zu töten.

Wir haben ja schon gehört, wie geschickt Helena sich auch hier aus der Affäre zog. Grund genug für Euripides, weniger ihr Vorwürfe zu machen, als vielmehr dem seiner Meinung nach zu unterwürfigen Menelaos.

Nicht tötetest du die Gattin, die in deiner Macht,
Nein, als du ihre Brust sahst, warfst das Schwert du
weg,
Den Kuß empfingst du, schmeichelnd ungetreuem
Hund,
Du unterlagst der Kypris, o du Schwächling du!
(Euripides, *Andromache*, 629-631)

XVI

Polyxena

Polyxena war groß und schön, schneeweiß die Haut,
lang und schmal der Hals, lachend die Augen und blond
das Haar. Ihre Gliedmaßen waren von schönster Har-
monie, ihre Finger lang, die Beine gerade und die Füße
zierlich. Sie war einfachen Herzens, höflich und freigie-
big, und an Schönheit übertraf sie alle anderen.
    (vgl. Dares Phrygius, *Exidium Troiae*)

Es war ein schöner Wintertag, als Achill Polyxena, die
jüngste Tochter von Priamos und Hekabe, zum erstenmal
sah: Das wunderschöne Mädchen hatte sich zum
Tempel des Tymbraiischen Apollon etwas außerhalb der
trojanischen Stadtmauern begeben, um dem Gott ein
Opfer darzubringen. Bei ihr waren die Mutter und einige
weitere Frauen aus der Stadt:

Bei Hekabe waren einige Frauen aus Troja, unter ihnen
die Gemahlinnen ihrer ältesten Söhne sowie ihre bei-
den Töchter, die Apollonpriesterin Kassandra und Po-
lyxena, die die Weihegaben trug.
    (vgl. Diktys von Knossos, *Bellum Troianum*, 151, 1-3)

Für Achill, der hinter einem Baum versteckt die Szene beobachtete, war es die klassische Liebe auf den ersten Blick:

Polyxena zufällig den Blick zuwendend, verliebte sich der Pelide in ihre Schönheit, so daß er, da er in sich ein wachsendes, aber nicht zu stillende Verlangen spürte, rasch zu den Schiffen zurückkehren mußte.
(vgl. ebda.)

Nun muß man wissen, daß Achill einige Monate zuvor in eben jenem Tempel ein Verbrechen verübte, dessen Zeugin Polyxena wurde. Das Opfer war ihr Bruder Troilos. Der Pelide hatte sich in den Jüngling verliebt und war ihm bis in den Tempel gefolgt.

Nicht nur im Krieg, sondern auch in der Liebe ging Achill mit Übereifer zur Sache, und so kam es, daß er, ungeachtet des geweihten Ortes, an dem sie sich befanden, den armen Jüngling in seiner Erregung so stürmisch umarmte, daß er ihm den Brustkorb eindrückte. Polyxena hatte hinter einer Apollonstatue versteckt alles beobachtet, und seit jenem Tag war ihre Miene stets düster und verschlossen. Natürlich nahmen alle an, der Grund für ihren Schmerz sei der Verlust ihres Lieblingsbruders Troilos. Nur Hekabe wußte mehr. Denn eines Nachts hatte sie einmal ihre Tochter unter Schluchzern seufzen gehört:

»Liefert mich Achill aus. Ich will seine Sklavin sein!«

»Eros hat ihr den Kopf verdreht«, seufzte nun auch Hekabe, die berechtigterweise annahm, daß sich die Tochter in den feindlichen Helden verliebt hatte.

138

Achill und Polyxena sahen sich erst an dem Tag wieder, als sich Priamos nach Hektors Tod ins griechische Lager begab, um den Leichnam des Sohnes auszulösen. Und da Achill als Gegenleistung Gold im Gewicht des Toten verlangte, wurde unter der Stadtmauer eine riesige Waage aufgebaut. Auf eine Waagschale legte man Hektors Leichnam und an der anderen zogen in einer langen Reihe die Trojaner vorbei und legten ihr Geld und Silber darauf, in der vergeblichen Hoffnung, das erforderliche Gewicht zu erreichen. Als letzte der Reihe ließ auch Polyxena ein paar Kettchen und drei Armbänder auf die Schale fallen, und als sie dann merkte, daß alles Gold Trojas nicht ausreichte, um den toten Bruder auszulösen, legte sie sich selbst zum allgemeinen Erstaunen dazu auf die Waage.

Achill, bei dem ein kurzer Blick auf Polyxena schon gereicht hatte, um seine Leidenschaft erneut zu entfachen, hob eine Hand und sprach an Priamos gewandt:

»O edler König, ich bin einverstanden. Gib mir die Hand deiner Tochter, so kannst du den Leichnam deines Sohnes mitnehmen, ohne noch weiteres Gold aufbringen zu müssen.«

Und Priamos antwortete:

»O Sohn der Thetis, du zeigst mir, daß du die Gefühle eines Vaters verstehst. So will ich dir, wenn auch schweren Herzens, Polyxena zur Frau geben, unter der Bedingung jedoch, daß du sie so behandelst, wie es einer Königstochter gebührt.«

Achill versprach es, lud Gold, Silber und das Mädchen auf seinen Wagen und kehrte ins griechische Lager zurück.

So wurden die beiden also ein Liebespaar, und da es nichts gibt, was ein verliebter Mann seiner Angebeteten verschweigt, enthüllte Achill Polyxena eines Tages unvorsichtigerweise das Geheimnis seiner Ferse. Bald darauf schon verlangte Polyxena, daß er sie heirate, wie es Achill Priamos ja ohnehin versprochen hatte. Darüber hinaus wollte sie auch, daß die Feier im Tempel des Tymbraiischen Apollons stattfand, an jenem Ort, wo, wie sie sagte, ihre Liebe erblüht war. Dann ...

... rief sie Paris zu sich und stachelte ihn zur Rache an und legte einen Hinterhalt, um Achill, ohne Verdacht zu erregen, töten zu können.

(vgl. Dares Phrygius, *Exidium Troiae*)

Am Tag der Hochzeit begab sich Achill frühmorgens zum Tempel. Er war allein, und als er seine Braut sah, ging er sogleich auf sie zu und umarmte sie. Polyxena nahm ihn sanft bei der Hand und führte ihn zum Altar. Hier küßte sie ihn leidenschaftlich und arrangierte es dabei so, daß ihr Bräutigam der Apollonstatue den Rücken zuwandte. Da tauchte plötzlich hinter dem Altar Paris auf und schoß Achill mit einem vergifteten Pfeil in die Ferse, und der Pfeil durchbohrte seinen wunden Punkt ganz.

Wie vom Blitz getroffen stürzte Achill zu Boden, und Polyxena warf sich auf ihn und schrie ihm ihren ganzen Haß ins Gesicht.

»O du eingebildeter Tor, wie konntest du nur glauben, daß ich dich wirklich liebe? Wenn ich mich dazu herabließ, das Lager mit dir zu teilen, dann nur, um dir das Geheimnis deiner Ferse zu entlocken und dich dann wie einen Hund abschlachten zu lassen. Und jetzt stirb, du feiger Mörder meines Bruders Troilos, des einzigen Menschen auf Erden, den ich je geliebt habe!«

Und um etwas vorzugreifen: Nachdem der Krieg zu Ende war, hatten die siegreichen Griechen die Beute aufgeteilt, und jeder Heerführer hatte sich eine Sklavin von königlichem Geblüt gesichert. Odysseus Hekabe, Agamemnon Kassandra und Neoptolemos Andromache. Als nun aber alle schon mit den Vorbereitungen für die Heimreise beschäftigt waren ...

... *tauchte aus dem weithin aufgesprungenen Erdboden Achilles auf, so groß, wie er zu Lebzeiten war. Er sah drohend aus und sprach: »Ohne meiner zu Gedenken geht ihr fort, Achiver, und begraben mit mir ist euer Dank für meine Tapferkeit. Nicht also! Damit mein Grab nicht ohne Ehrung bleibe, soll Polyxena geopfert werden und Achills Totengeist versöhnen.«*
(vgl. Ovid, *Metamorphosen*, XIII, 442 ff.)

Wie versteinert starrten die Griechen auf den Geist, der seiner Rede, bevor er verschwand, noch eine Drohung folgen ließ:

»Noch heftiger zürn' ich euch, als einst um Briseïs; darum will ich aufwühlen des Meeres Fluten umher, will Stürme mit Macht aufregen zu Stürmen, daß ihr hier an der Stätte gebannt noch lange verweilet!«
(vgl. Quintus von Smyrna, *Posthomerica*, 14, 214 ff.)

Die Griechen gehorchten, und am Tag darauf wurde Polyxena aus dem Lager der Sklavinnen geholt und an den Haaren zu Achills Grab geschleift. Als das arme Mädchen sah, wie Neoptolemos das Schwert zog, um das Opfer auszuführen, sprach es:

»Nimm endlich das edle Blut. Ich halte dich nicht auf. Stoße mir die Waffe in die Kehle oder in die Brust. Da ich Polyxena bin, hätte ich niemals Sklavin sein wollen. Ich wollte nur, mein Tod könnte der Mutter verborgen bleiben; die Mutter macht mir Kummer und dämpft die Freudigkeit, mit der ich in den Tod gehe; freilich sollte sie nicht darüber seufzen, daß ich sterbe, sondern daß sie weiterleben muß. Haltet nur ihr euch fern, damit ich nicht als Unfreie zu den Schatten der Styx gehe, so wahr meine Bitte gerecht ist, und berührt die Jungfrau nicht mit Männerhänden.«

(vgl. Ovid, *Metamorphosen*, 457 ff.)

Mit diesen Worten zerriß Polyxena ihr Gewand und enthüllte ihren schönen, dem einer Statue gleichen Busen. Mitleid überkam Neoptolemos, und er zögerte einen Augenblick. Dann durchschnitt er ihr die Kehle, daß das Blut in Strömen floß.

... Und sie, sterbend noch,
Verstand mit Anstand hinzusinken, bergend,
Was man vor Männeraugen bergen soll.
Als sie nun lag, vom Todesstreich entseelt,
Sah man die Griechen mannigfach bemüht:
Die einen warfen auf die Tote Zweige

Von Laubgrün, andre schleppten für den Holzstoß
Scheiter von Fichtenholz herbei.
(vgl. Euripides, *Hekabe*, 540 ff.)

Nachdem nun der Zorn von Achills Geist besänftigt war, stachen die Griechen mit günstigem Wind in See und segelten Richtung Heimat.

XVII

Penthesilea

Penthesilea, eine Tochter des Ares, war mit einem entsetzlichen Fluch belastet. Anscheinend hatte sie noch als junges Mädchen die Göttin Aphrodite auf irgendeine Weise beleidigt, woraufhin diese sie dazu verurteilte, ständig vergewaltigt zu werden. Sobald ein Mann sie erblickte, auch nur für einen kurzen Moment, konnte er nicht anderes, als über sie herzufallen. Nun versetzen wir uns einmal in die Lage dieser armen Frau: Sie brauchte nur die Nase aus dem Haus zu stecken, da wurde sie schon vom erstbesten Mann, der zufällig vorüberkam, angegriffen. Fest entschlossen, dieser lästigen Situation ein Ende zu setzen, machte das Mädchen aus der Not eine Tugend und besorgte sich eine sehr massive Rüstung, die sie von Kopf bis Fuß verhüllte, so daß sie sich den Blicken Fremder entziehen konnte. Nach ihrer Wahl zur Königin der Amazonen (wahrscheinlich aufgrund ihres kriegerischen Äußeren) wurde sie innerhalb weniger Jahre zur stärksten und tapfersten Frau der Welt.

Was die Amazonen betrifft, sollte man klarstellen, daß es solche Kriegerinnen tatsächlich gegeben hat.

In der Welt der Antike waren nämlich von Frauen gebildete Streitkräfte durchaus keine Seltenheit, nicht zuletzt, weil es immer, wenn die Männer einer Stadt in einer kriegerischen Auseinandersetzung fielen, an den Frauen war, die Überlebenden gegen weitere feindliche Angriffe zu verteidigen. Die jüngeren Frauen legten dann die Waffen ihrer getöteten Brüder und Ehemänner an und stürzten sich in den Kampf. Berühmte Amazonen waren Hippolyte, Antiope, Myrina, Melanippe und Hypsipyle. Ursprünglich stammten sie aus dem Kaukasus, manche sprechen auch von Thrakien. Von den Gottheiten stand ihnen natürlich die jungfräuliche Artemis am nächsten, auch wenn sie sich alle als Töchter des Ares bezeichneten. Bekannt wurden die Amazonen vor allem für einige seltsame Angewohnheiten. So sagte man ihnen nach, daß sie sich mit ihren Sklaven paarten, daß sie die männlichen Neugeborenen töteten und daß sie sich die rechte Brust abschnitten, um den Bogen besser spannen zu können. Außerdem saßen sie in der Schlacht zu Pferde, was bei den Achäern vollkommen unbekannt war, da die Pferde zu jener Zeit recht kleinwüchsig waren und nur zum Ziehen von Wagen benutzt wurden.

Angeführt von Penthesilea tauchte nun das Heer der Amazonen plötzlich in der trojanischen Ebene auf. Priamos hatte es gleich nach Hektors Tod angefordert, um den Feinden stärkeren Widerstand entgegensetzen zu können. Auf den Rücken ihrer Reittiere wirkten die Amazonen von weitem wie ein Heer von Kentauren, wodurch es in den griechischen Reihen im ersten Moment zu panischen Reaktionen kam. Als sie näher kamen, löste sich das Mißverständnis jedoch auf, und Achill, der sich wie gewöhnlich nicht besonders hatte beeindrucken lassen, ging mit gesenktem Haupt auf die Königin los. Sogleich entwickelte sich ein erbitterter Kampf, der lange hin und her wogte, bis Achill die Lanze …

… stieß sie darauf, nicht säumend, der streitbaren Penthesilea rechts in die Brust; schwarz strömte das Blut aus klaffender Wunde. Und ihr brach in den Gliedern die Kraft, die gewaltige Streitaxt ließ sie der Hand entsinken, und ringsum breitete Dunkel ihr um die Augen sich her, und Schmerz durchzuckte den Busen.
(vgl. Quintus von Smyrna, *Posthomerica*, 1, 594 ff.)

Doch sie stürzte nicht, und so versuchte Achill, sie aus dem Sattel zu zerren. Da griff die Amazone ihn erneut an, woraufhin Achill die Geduld verlor und Penthesilea mit einem einzigen Lanzenstoß zusammen mit dem Pferd durchbohrte.

Und sie vermählte sich eilig dem Staub und dem Tode, zur Erde leicht hingleitend im Fall, und enthüllt' an den herrlichen Gliedern nicht den verborgenen Reiz; nein, vorwärts sank sie zu Boden, zuckend am Speer, und lehnte sich hin an dem stattlichen Rosse.
(vgl. ebda., 1, 628 ff.)

Dem Brauch gemäß entkleidete Achill sie zunächst ihrer Rüstung. Als er ihr aber den Helm abnahm und ihr Gesicht sah, erstarrte er vor soviel Schönheit.

146

Und es erschien, obwohl in Staub und Blut sie gebet-
tet, unter den lieblichen Brauen der Jungfrau reizendes
Antlitz, selbst im Tode noch schön.
(vgl. ebda., 1, 667 ff.)

Sie zu sehen und zu vergewaltigen war eins. Aphrodites Fluch kannte keine Grenzen: Leiche hin oder her,
Achill mußte Penthesilea besitzen. Möglicherweise wegen dieses Falls von Leichenschändung hat Dante Alighieri später dann Achill auch nicht zu den Gewalttäti-
gen gesteckt, wo er eigentlich hingehört hätte, sondern
zu den Lüstlingen, zusammen mit Kleopatra, Helena,
Paris, Tristan und anderen Persönlichkeiten mit einem
ausschweifenden Triebleben. Es ist Vergil persönlich,
der Dante auf ihrer gemeinsamen Wanderung durch die
Hölle auf Achill aufmerksam macht:

. . . , und siehst Achill, den Starken,
der schließlich nur noch mit der Liebe rang.
(Dante Alighieri, *Die Göttliche Komödie. Hölle*,
V, 65-66)

Heinrich von Kleist hat den Penthesilea-Stoff umgedeu-
tet. Bei ihm ist es nun die Amazone, die Achill zunächst
gefangennimmt, ihn dann jedoch, nachdem er sich in sie
verliebt hat, wieder freiläßt.

PENTHESILEA: Die Freiheit schenk' ich dir, du
*   kannst den Fuß*
Im Heer der Jungfrau'n setzen, wie du willst.
Denn eine andre Kette denk' ich noch,

Wie Blumen leicht, und fester doch als Erz,
Die dich mir fest verknüpft, ums Herz zu schlagen.
(Heinrich von Kleist, *Penthesilea*, 15. Auftritt)

Doch kehren wir nun wieder zur ursprünglichen Version zurück. Ein Zeuge der Leichenschändung durch Achill war nun Thersites, ein verunstalteter griechischer Krieger, der schon bei anderer Gelegenheit durch seine Unverschämtheit aufgefallen war.

Als häßlichster Mann vor Ilios war er gekommen:
Schielend war er und lahm an einem Fuß, und die Schultern
Höckerig, gegen die Brust ihm geengt, und oben erhob sich
Spitz sein Haupt, auf dem Scheitel mit dünnlicher Wolle besäet.
(Homer, *Ilias*, II, 216 ff.)

Da Thersites also nicht nur häßlich war, sondern auch ein loses Mundwerk hatte, ließ er sich die günstige Gelegenheit nicht entgehen und nahm Achill ein wenig auf den Arm.

»O Sohn des Peleus«, bemerkte er kichernd, »du wirst mit jedem Tag besser. Es genügt dir wohl nicht mehr, deine Unverwundbarkeit auszunutzen und dich mit dem Töten von Männern zu amüsieren. Jetzt vergewaltigst du auch schon Frauen, die bereits ins Reich des Hades hinabgefahren sind!«

Das hätte er besser nicht gesagt. In diesen Dingen verstand Achill absolut keinen Spaß.

Da zürnte ihm heftig im Geiste Peleus' mutiger Sohn,
und schlug mit der markigen Rechten ihm alsbald an
Wangen und Ohr; ihm flogen die Zähne alle heraus, an
den Boden hinab; er stürzte zur Erde, und ihm schoß in
Strömen das dunkele Blut aus dem Munde. Eilig ent-
wich aus den Gliedern des ganz nichtswürdigen Man-
nes sein unmännlicher Geist; hoch jauchzte das Volk
der Achäer.

(vgl. Quintus von Smyrna, *Posthomerica*, 1, 748 ff.)

XVIII

Das hölzerne Pferd

Die Achäer waren es furchtbar leid, diesen schier endlosen Krieg weiterzuführen. Zehn Jahre waren mittlerweile ins Land gegangen, seitdem sie ihr Vaterland verlassen hatten. Eine tiefe Unzufriedenheit hatte sich im ganzen Heer breitgemacht, und einige drohten damit, die Waffen niederzulegen:

»Schluß, aus«, sagten sie, »es hat keinen Sinn. Ohne Achill werden wir Troja niemals erobern. Was sollen wir also noch hier? Zu viele haben schon ihr Leben verloren, und auch wir laufen Gefahr, einen sinnlosen Tod zu sterben. Unsere Frauen und Kinder zu Hause warten schon so lange auf uns, daß sie uns wahrscheinlich gar nicht mehr wiedererkennen, sollten wir doch noch heimkehren!«

Es mußte etwas geschehen, doch Agamemnon hatte keine Ahnung, was. So war es Odysseus, der, wohlwissend, daß die Stadt mit Gewalt nicht zu nehmen war, auf die Idee verfiel, es mit einer List zu versuchen.

»Laßt uns ein hölzernes Pferd bauen«, schlug er vor, »das so groß sein soll, daß in seinem Bauch Dutzende von Kriegern Platz finden. Das lassen wir am Strand zurück, so als handele es sich um eine Opfergabe für Athene, und geben dann vor, die Belagerung aufzugeben. Wir verbrennen unsere Zelte und stechen in See. Die Trojaner werden glauben, wir seien bereits auf dem Weg in die Heimat, und werden das Pferd in die Stadt ziehen. Für die darin versteckten Krieger ist es dann ein Kinderspiel, die Stadttore zu öffnen und unser Heer, das unterdessen im Schutz der Dunkelheit wieder angerückt ist, einzulassen.«

»Aber woher willst du wissen, daß die Trojaner das Pferd auch wirklich in die Stadt ziehen?« fragte Agamemnon skeptisch.

»Wir bauen es höher als die Tore«, antwortete der schlaueste aller Helden, »und setzen das Gerücht in Umlauf, wir hätten es eben deshalb so gebaut, damit es niemand in die Stadt bringen kann.«

»Und dann?« fragte Agamemnon wieder, der, was Listen anging, ziemlich langsam war.

»Na, ist doch sonnenklar. Eben weil es so groß ist, werden die Trojaner alles daran setzen, es hineinzubekommen. Auch um den Preis, die Tore erweitern zu müssen.«

Agamemnon verstand immer noch nicht, ließ Odysseus aber freie Hand, wobei er sich dachte: »Soll er nur machen, ich werde ohnehin niemals einen Fuß in dieses Pferd setzen.«

Die Ausführung des Plans wurde Epeios übertragen, der zwar als Soldat ein Hasenfuß, als Zimmermann aber um so geschickter war. Über die Anzahl der Krieger, die sich im Pferd versteckten, gehen die Meinungen stark auseinander. Manche sprechen von dreiundzwanzig, andere von dreißig, wieder andere von dreitausend, was mir, offen gestanden, etwas übertrieben erscheint. Mit Sicherheit darin versteckt waren aber Menelaos, Diomedes, Odysseus, Neoptolemos und Epeios, der, weil er solche Angst hatte, gewaltsam mit Fußtritten hinein befördert werden mußte. Zu Odysseus' Plan gehörte es weiterhin, daß man seinen Vetter Sinon als angeblichen Deserteur am Strand zurückließ, um die Trojaner weiter in die Irre zu führen.

Als die trojanischen Späher das Meer voller Schiffe und am Strand ein riesiges hölzernes Pferd erblickten, rannten sie sofort los, um Priamos zu benachrichtigen. Innerhalb kürzester Zeit hatten sich Hunderte von Menschen um das seltsame Objekt versammelt. So etwas Schönes hatten sie im Leben noch nicht gesehen. Auf einer Seite stand in großen Lettern geschrieben: »Die Achäer weihen diese Gabe der Pallas Athene, damit sie sie auf der Heimfahrt beschütze.« (Hyginus, *Fabulae*, 108).

Doch über das weitere Vorgehen waren sich die Trojaner uneins.

»Wenn das eine Opfergabe für Athene ist, müssen wir das Pferd in die Stadt schaffen, sonst beleidigen wir die Göttin«, meinte einer.

»Kommt nicht in Frage«, erwiderte ein anderer. »Athene war uns stets feindlich gesinnt. Bis zum heutigen Tag hat sie uns nur Unglück gebracht. Ich würde sagen, wir zertrümmern das Pferd gleich hier am Strand und verbrennen die Teile!«

Schließlich traf Priamos eine Entscheidung.

»Ein Sakrileg gegen die Göttin können wir uns nicht

erlauben. Wer weiß, welch neuem Unheil wir entgegengehen würden. Daher befehle ich, die Opfergabe zur Stadt hinaufzuziehen.«

Genau in diesem Moment trat Kassandra hinzu, die, als sie das Pferd erblickte, sogleich wie eine Wahnsinnige zu kreischen begann:

»Mein Vater, ich flehe dich an, zerstöre dieses entsetzliche Tier, sonst wird ganz Troja vernichtet. Ich sehe in seinem Bauch Tausende bewaffneter Männer, und weitere werden anrücken, die all unsere Männer töten, die Frauen vergewaltigen und die Kinder erwürgen werden. Im Namen der Götter, lasse es nicht zu, daß dieses unvorstellbare Massaker geschieht! Um mich her sehe ich Seen von Blut!«

Wie immer hatte Kassandra zwar die Wahrheit gesagt, sich aber ein wenig im Ton vergriffen, und niemand gab etwas auf ihre Worte. Doch Unterstützung erfuhr sie von Laokoon, einem sehr angesehenen Priester Apollons.

»Unsel'ge, welch Wahnsinn packt euch, ihr Bürger!
Wähnt ihr die Feinde entwichen? Und glaubt ihr
Danaergaben
Wären ohne Betrug? Kennt ihr so schlecht Ulixes?
([...])
Traut nicht dem Rosse der Teukrer!
Was es auch sei: Man fürchte die Danaer, auch wenn
sie schenken.«
(Vergil, Aeneis, II, 42ff.)

Mit diesen Worten schleuderte er mit ganzer Kraft eine Lanze auf das Pferd. Sie blieb in seinem Bauch stecken, und sofort erhob sich aus den Reihen der Trojaner ein ohrenbetäubender Aufschrei, der das Angstgeschrei von Epeios im Pferd übertönte. Gleich darauf vernahm man aber das Rasseln von Ketten, und eine Gruppe Schäfer schleifte den vollkommen verdreckten und zerlumpten Sinon herbei.

»O edler Herrscher«, sprachen sie an Priamos gewandt, »dieser Mann hier hatte sich in den Sümpfen versteckt. Es ist ein Grieche, den seine Landsleute wohl verstoßen haben. Was sollen wir mit ihm tun? Wenn du uns glücklich machen willst, so gestatte uns, ihn auf der Stelle zu töten.«

»Nein, wartet«, antwortete Priamos. »Zunächst will ich ihn noch befragen. Wer bist du, o Fremder?«

Und Sinon, »der Verlogene«, wie ihn Dante nennt (*Göttliche Komödie. Hölle*, XXX, 98), begann schluchzend zu erzählen:

»O edler Herr, habt Erbarmen, ich werde euch alles sagen, was ihr wissen wollt. Das Schicksal war mir nicht hold, doch ein Lügner bin ich nicht. Man nennt mich Sinon, ich bin Grieche, ein Verwandter des Odysseus gar. Doch eben er ist der Urheber meines Leids. Er war es, der meinen Tod wünschte.«

»Und warum?« fragte Priamos nach.

»Weil ich all seine dunklen Geheimnisse kenne. Ich bin der einzige Zeuge seiner entsetzlichen Taten, für die er, würden sie bekannt werden, mit dem Tode bestraft würde. Und der verfluchte Hund fand sogar einen Weg, mich zu töten, ohne sich die Hände schmutzig zu machen. Er überredete die Achäer, mich den Göttern zu opfern, damit sie uns günstige Winde schicken.«

»Und wie gelang es dir zu fliehen?«

»Sie hatten mich schon zum Opferaltar geführt, als plötzlich Boreas zu wehen begann und das Meer zu sanften Wellen kräuselte. Ideale Bedingungen also, um in See zu stechen. So rannten alle Achäer zu den Schiffen, während ich die Gelegenheit zur Flucht nutzte und mich in den Sümpfen versteckte, wo mich deine Männer noch am ganzen Leibe zitternd fanden. Glaubt mir, großherziger König, alles, was ich sage, ist wahr. Schenkt mir das Leben, denn ich bin völlig unschuldig!«

»Ich werde dich nicht töten«, antwortete Priamos gnädig, »vorausgesetzt, du sagst mir, wozu die Achäer dieses Pferd bauten und warum es so groß ist.«

»Das ist eine Opfergabe, um Athene zu besänftigen, die den Achäern wegen des Raubs des Palladions immer noch zürnt. Und so groß gebaut wurde es, damit kein Trojaner es in die Stadt bringen kann.«

Jetzt konnte Laokoon nicht mehr an sich halten und begann, wie ein Besessener zu schreien: Kein Wort des Fremden ist wahr, und Troja werde vollkommen zerstört, wenn das Pferd in die Stadt gelange. Doch während er noch auf Priamos einredete, geschah etwas, das alle erstarren ließ:

Siehe da gleiten durch glatte Flut von Tenedos' Insel,
Schaudernd berichte ich es, zwei Schlagen, riesig sich
ringelnd.
Wälzen sich über das Meer, sich krümmend in
mächtiger Windung.

([...])
Blutunterlaufen funkeln die Augen ihnen wie Feuer,
Und mit Zischen schnellen die Zungen hervor aus den
Mäulern.
Schreckensbleich entfliehen wir alle; doch zielen die
Schlangen
Grad auf Laokoon nur, und beide Drachen
umschlingen
Jeder fest zuerst die zarten Leiber der Söhne,
Packen sie und zermalmen mit Bissen die Glieder der
Ärmsten.
Drauf den Vater, als er mit Waffen zum Schutze
herbeirennt,
Greifen sie, ihn umschnürend in grausem Geringel
([...])
Noch mit Händen versucht er, die Knoten zu lösen,
besudelt
Sind von Eiter und Gift die heiligen Binden, zum
Himmel
Brüllt er mit grausigem Schreien empor.
(Vergil, *Aeneis*, II, 203 ff.)

Das tragische Ende Laokoons und seiner Kinder wurde von den Trojanern als Zeichen Athenes gedeutet. Lauthals forderten nun alle, das Pferd zum Tempel der Göttin zu bringen. Auf Priamos' Befehl wurde eine Bresche in die Stadtmauer geschlagen und das hölzerne Pferd hineingezogen. Dann organisierte man rasch ein Bankett und feierte ausgelassen um dieses Symbol des Sieges über die Griechen herum mit Gesängen, Tänzen und Strömen von Wein.

Gegen Mitternacht, als die Trojaner schliefen, schlich sich Sinon an das Pferd heran, öffnete die kleine Falltür an der Unterseite und ließ die Insassen heraus.

Als sie das Pferd auf die Burg gestellt hatten und selber in der Nacht, von Spiel und Wein erschöpft, eingeschlafen waren, öffnete Sinon das Pferd, die Achäer stiegen heraus, töteten die Wächter an den Toren, ließen ihre Gefährten auf ein Zeichen hin herein und bemächtigten sich Trojas.

(vgl. Hyginus, *Fabulae*, 108)

Und schon begann die grausame Metzelei. Die griechischen Soldaten zogen plündernd von Haus zu Haus, töteten die Männer und vergewaltigten die Frauen. Neoptolemos erschlug zunächst Priamos und tötete dann auch Hektors kleinen Sohn Astyanax, indem er ihn von der Stadtmauer hinunterschleuderte. Die ganze Stadt ging in Flammen auf, und erst jetzt wurde auch dem letzten Trojaner klar, wie recht Kassandra und Laokoon mit ihren düsteren Prophezeiungen gehabt hatten.

LITERATURVERZEICHNIS

Ovid: *Metamorphosen*. In der Übersetzung von Michael von Albrecht. München 1994

Euripides: *Andromache*. In der Übersetzung von Franz Stoessl. In: ders.: *Tragödien und Fragmente*. Zürich 1958

Euripides: *Iphigenie in Aulis*. In der Übersetzung von J. J. Donner. In: ders.: *Sämtliche Tragödien*. Stuttgart 1958

Ovid: *Heroides*. Briefe der Sagefrauen. In der Übersetzung von Heinrich Naumann. München o. J.

Sophokles: *Elektra*. In der Übersetzung von Ernst Buschor. München 1959

Euripides: Iphigenie auf Tauris. In der Übersetzung von Ludwig Wolde. In: ders.: *Tragödien*. München 1964

Homer: *Ilias*. In der Übersetzung v. Johann Heinrich Voß. München 1989

Homer: *Odyssee*. In der Übersetzung von Johann Heinrich Voß. München 1989.

Pausanias: *Beschreibung Griechenlands*. In der Übersetzung von Ernst Meyer. Zürich 1954

Pindar: *Sechste Isthmische Ode*. In der Übersetzung von Ludwig Wolde. In: ders.: *Oden*. München 1958

Sophokles: *Aias*. In der Übersetzung von Ernst Buschor. Zürich 1979

Euripides: *Die Troerinnen*. *In: ders.: Tragödien*. A. a. O.

Apollodor: *Mythologische Bibliothek. In der Übersetzung von Christian Gottlob Moser. Stuttgart 1828*

Diodorus Siculus: Historische Bibliothek. In der Übersetzung von Julius Friedrich Wurm. Stuttgart 1831

Hyginus: *Fabulae. Sagen der Antike*. In der Übersetzung von Franz-Peter Waiblinger. München 1996

Homer: *Hymnus an Aphrodite*. In der Übersetzung von Chr. Graf zu Stolberg. In: *Nachtfeier der Venus*. München 1960

Vergil: *Aeneis*. In der Übersetzung von Michael von Albrecht. München 1992

Dante Alighieri: *Die göttliche Komödie*. In der Übersetzung von Karl Vossler. München 1962

Euripides: *Hekabe*. In der Übersetzung von Hans von Arnim. In: ders.: *Tragödien und Fragmente*. Zürich 1958

Quintus von Smyrna: *Posthomerica. Die Fortsetzung der Ilias*. In der Übersetzung von J. J. C. Donner. Stuttgart 1666

Heinrich von Kleist: *Penthesilea. Ein Trauerspiel*. München 1961